Pedro Rogério Moreira

Helô
Diário de uma paixão secreta

TOPBOOKS

Copyright © 2022 Pedro Rogério Couto Moreira

EDITOR
José Mario Pereira

EDITORA ASSISTENTE
Christine Ajuz

PRODUÇÃO
Mariangela Felix

ARTE DA CAPA
Fabio Abreu (Thapcom)

REVISÃO
Luciana Messeder
Flávio Guilherme Pontes

DIAGRAMAÇÃO
Cláudia Gomes

Dados Internacionais de Catalogação na Publicação (CIP)
(Câmara Brasileira do Livro, SP, Brasil)

Moreira, Pedro Rogério
  Helô: diário de uma paixão secreta / Pedro Rogério Moreira.
-- Rio de Janeiro, RJ : Topbooks Editora, 2022.

  ISBN 978-65-5897-014-9

  1. Romance brasileiro I. Título

22-107558   CDD-B869.3

Índice para catalogação sistemático:
1. Romance : Literatura brasileira B869.3
Eliete Marques da Silva - Bibliotecária - CRB-8/9380

Todos os direitos reservados por
Topbooks Editora e Distribuidora de Livros Ltda
Rua Visconde de Inhaúma, 58/grupo 203 – Centro
Rio de Janeiro – CEP 20091-007
Telefones (21) 2233-8718 e 2383-1039
topbooks@com.br/www.topbooks.com.br
Estamos também no Facebook e Instagram

*À José Sarney, fraternalmente.
Para Cézar Motta, Eduardo Simbalista,
Pedro Costa e Wellington Moreira Franco.*

"Detesto escritores que contam tudo".
Machado de Assis ao Visconde de Taunay,
segundo Josué Montello.

2021

Li a última página do *Memorial de Ayres,* fechei o volume e o recoloquei na prateleira mais deliciosa da biblioteca da Mana, machadiana de coração. O relógio de pé da sala de visitas, que tem batido as horas neste apartamento do Flamengo desde 1948, já badalara oito da manhã. Fui caminhar no Aterro com o editor Manoel Fran Gonçalves, meu vizinho e amigo de mocidade, como fazemos quase todos os dias desde que retornei ao Rio. Como não sou afeito a ver o noticiário da TV, a caminhada é o meu único elo com o mundo exterior nesses meses de isolamento social. Sendo ação repetitiva, cruzamos com caminhantes que fazem o mesmo, e nos damos "bom dia" sem saber-lhes os nomes, e eles, os nossos.

O Bentinho, marido de Capitu, conhecia um rapaz "de vista e de chapéu" que embarcava no mesmo horário no trem da Central para o Engenho Novo. Eu e o Manoel Fran conhecemos uma moça de vista e de rabo de cavalo. Devo acrescentar: e de uma coleção de *collants*. A cem metros a visão maravilhosa já é identificada, no caso de a moça se encontrar à nossa frente. Geralmente, ela está à nossa frente, porque caminhamos conforme nossos mais de setenta anos; mas, quando isso não acontece e a visão está à ré, brecamos o passo para a caminhadora ultrapassar os dois *voyeurs*. Hoje isso não se deu: fomos topá-la sentada na grama, com a cabeça enfiada entre as pernas dobradas e amparadas pelas mãos. O rabo de cavalo se podia ver, de perfil. Chorava. Um choro sutil, sem escândalo.

– Podemos ajudá-la, amiga? – falei.

Silêncio.

– O que foi, amiga? – renovou Manoel Fran.

Silêncio.

Tocou o celular dela. No quarto toque, a moça quis se levantar, encontrou dificuldade para fazê-lo, porque tinha numa das mãos o telefone. O Fran deu-lhe a mão para ajudá-la (perdi a gentileza); ela aceitou, sempre de cabeça baixa, e, de pé, olhou para o visor e não atendeu a chamada. Recompôs-se. Um murmúrio:

– Obrigada. Não é nada. Muito obrigada a vocês.

Deu uns poucos passos, retirou do bolso da jaqueta um lencinho, abaixou a máscara, assoou o nariz, recolocou a máscara e seguiu adiante, no rumo do Memorial de Carmem Miranda.

Linda moça, deve orçar vinte e poucos anos.

Mais um dia de pandemia vencido.

Há DIAS em que o setentão se acha feliz. Sem mais nem menos, vem uma lufada de felicidade encher o coração de tal modo que qualquer gesto, por mais banal que o seja, deixa-o plenamente alegre para enfrentar mais um dia de pandemia. Muito raramente acontece comigo. Não que eu seja ordinariamente triste; é que não cogito dessas besteiras de ser feliz ou infeliz. Toco a vida e pronto. Hoje aconteceu essa boa sensação efêmera. Levantei-me antes das seis da manhã, para tirar água do joelho, como dizíamos no colégio. Tem setentão que levanta várias vezes para ir ao banheiro. Eu me vingo do Vitório Magno com a minha marca campeã: só urino uma vez de madrugada; ele, duas, três vezes. Dado a bufonarias, meu amigo diz, entretanto, que a micção noturna exagerada "não é o símbolo mais execrável do declínio do Império Romano"; tampouco são os cabelinhos revoltos que teimam em prosperar nas narinas e na entrada dos pavilhões auriculares. Quanto a estes, a Mana combate-os ferozmente com a tesoura dentada de barbeiro usada por meu pai. Sinto-me feliz com o desaparecimento desse sinal vingativo dos tempos vividos. Pronto para o mundo me olhar em *close*. Mas, olho vivo, eles aparecerão na semana que vem. Vitório Magno aponta, para a queda do Império Romano, outra razão "desprezada por Gibbon em seu livro clássico": é a marca do Zorro na cueca. Disse-me há uns cinco anos que eu não deveria permitir que alguém do meu bem-querer, ou de minha intimidade doméstica, como a lavadeira, ponha a mão em cueca com marca do Zorro. "Lave-a você, atire-a à lixeira, enterre-a, destrua! É o sinal mais evidente do declínio imperial", advertiu-me o

Vitório. E para me amedrontar, recitou, fazendo ademanes conforme o texto, o soneto de Raul de Leoni (do livro único, *Luz mediterrânea*) intitulado "Pudor":

> *Quando fores sentindo que o fulgor*
> *do teu gênio desmaia e perde a cor,*
> *entre penumbras em deliquescência,*
> *faze a tua sagrada penitência:*
> *fecha-te num silêncio superior*
> *mas não mostres a tua decadência*
> *ao mundo que assistiu teu esplendor.*
> *Foge de tudo para o teu nadir.*
> *Poupa ao prazer dos homens o teu drama*
> *que é mesmo triste para os olhos ver*
> *e assistir, sobre o mesmo panorama,*
> *a alegoria matinal subir*
> *e a ronda dos crepúsculos descer.*

Vitório recitou de pé, em pleno restaurante Mosteiro, com o dedão apontado para mim e com a impostação de voz de locutor de rádio. Alguns magistrados e advogados (que ali os havia muitos), ignorantes da autoria do belo soneto, deram bravos ao declamador; um deles, o Bretinhas, que atua no Criminal (não confundir com o irmão mais velho, também Bretas, que atua no crime financeiro...), chegou a dizer: "Você escreve muito bem!".

Vamos dar um tempo no Vitório Magno. É o meu perseguidor.

Estava eu dizendo que a felicidade intensa que vivi no albor do dia, durou o tempo de caminhada do meu quarto ao banheiro do corredor e o regresso. Escutei o murmúrio da oração matinal vindo do quarto de dona Elvirinha. Fechei a porta do banheiro, por achar que o barulhinho da urina no vaso seria desrespeitoso à oração. Eu vestia um pijama que foi do meu pai; talvez tenha sido ele, o pijama, a razão recôndita que produziu o corisco de felicidade que riscou alegremente o meu pensamento. O pijama tem mais do que a idade da moça que me encantou no Aterro. Meu pai nem chegou a usá-lo; minha mãe, que o comprara para dar-lhe no Natal de 1998, deixou-o na mesma caixa elegante da Casa Alberto, de Ipanema. Morta minha mãe, Mana guardou a caixa junto aos seus pertences pessoais. Abria a caixa duas vezes por ano, para dar ao pijama inglês, azul escuro, liso, o sopro de ar necessário à vida longa dos panos. Há cerca de dois anos, quando decidimos voltar de São Paulo para o Rio, minha irmã me deu de presente de aniversário a relíquia que estava impecavelmente nova. Talvez ela quisesse ver em mim a figuração de nosso pai no apartamento que o velho doutor Antônio adquiriu, zelou e nos deixou de herança. Fui hoje de manhã um homem feliz por quatro ou cinco minutos, até voltar à cama, deitar-me e acender a luz do abajur para a leitura de *Quase memória*, belo livro de Carlos Heitor Cony em que o discípulo de Machado de Assis que ele foi, traça com a tinta da melancolia a figura do seu pai. Que diriam esses grandes homens, o jurisconsulto

Antônio e o romancista Cony, sobre a tragédia que se abate sobre nós? Adormeci. Quando acordei, era hora de ir para o Aterro com os amigos Fran Gonçalves e o Almirante Noronha. Não me sentia nem feliz nem tristonho.

A besta quadrada do Vitório Magno diria: "Você está frapê".

A INTERNET é bisneta ou tetraneta de Marcel Proust. Estive durante uma hora numa viagem do tipo *Em busca do tempo perdido,* no vertiginoso túnel sem fim do Google, palavra puxando palavra. Fui buscar a minha *madeleine* do dia e acabei encontrando coisa completamente diferente: uma deusa de pernas de fora no selim de uma bicicleta. Eu pretendia tirar uma dúvida sobre a autoria de "Luar do sertão": para mim, era do Olegário Mariano, e a Mana puxava pelo Catulo da Paixão Cearense. Ora, claro que a Mana estava certa! Não se deve duvidar de quem, como a Mana, se devota à Literatura Brasileira, especialmente àquela que transformou a vida das pequenas cidades do interior em páginas magistrais de romances e contos.

Ao digitar o título da canção seresteira, caí no vórtice digital e fui dar com a vista cansada num *blog* chamado *Ciclistas ao luar.* E lá fiquei sabendo que inexiste estatística oficial, mas estima-se que quatro mil ciclistas são atropelados anualmente no Brasil e centenas de modo fatal. Nem todos os casos chegam ao conhecimento público, mas um deles atingiu no fundo do coração o blogueiro do *Ciclistas ao luar*, pois ele escreveu o seguinte editorial: "No começo deste mês, foi ceifada mais uma vida entre os ciclistas do Rio, desta vez uma promissora vida, pois tratava-se de um jovem com largo caminho a percorrer em sua exitosa carreira profissional. O assassino não socorreu a vítima, um engenheiro, morto numa rua da Barra da Tijuca. O bárbaro assassinato leva sombras mais aterradoras do que os atropelamentos anteriores. O motorista fugiu. Mas, como o atropelamento foi flagrado por câmeras de segurança, a polícia obteve a placa do carro. O veículo foi encontrado incendiado em Jacarepaguá. Por essas duas circunstâncias – local do encontro do carro e incêndio deliberado – suspeita a polícia tratar-se o atropelador de um motorista da milícia que atua no bairro. A vítima – concluiu a polícia – havia reconhecido os criminosos que, dias antes, ocuparam de assalto uma torre retransmissora de telefonia celular e tentaram chantagear a operadora; o engenheiro iria depor naquela semana. Fica evidente a 'queima de arquivo'. Fez bem o Congresso Nacional em propor a instalação de uma CPI para investigar a mortandade da pandemia de Covid; em vez de gastar tempo e energias com irrelevâncias, deveria também propor alterações no Código Nacional de Trânsito e no Código Penal, para flagelar com justiça os bárbaros ceifadores de vidas humanas, cujo prazer, talvez o único, seja o de pedalar ao luar".

Da janela da biblioteca, todas as noites vejo passar pelas pistas do Aterro um monte de ciclistas, haja ou não luar. Eu nunca atinei para o perigo.

Registro, por fim, a verdadeira satisfação da minha busca proustiana no Google: pedalando, pedalando, fui dar com a fotografia da minha musa da primeira década do século XXI, a atriz Drea de Matteo, a Adriana da série *Família Soprano*, montada numa *bike*, com aqueles pernões de fora. Nos primeiros anos de minha longa estada em São Paulo, dediquei horas deliciosas diante da televisão, maravilhado com as peripécias dos mafiosos de Nova Jersey. Mas meu coração era só de Drea de Matteo, como agora é de outra senhora. A personagem de Drea é assassinada barbaramente pelos seus amigos mafiosos.

Viúvos, como eu, podem ser volúveis no amor. Machado de Assis não gozou da doce liberdade de achar uma sucessora para a sua amada Carolina, nem deu, como romancista, ao seu Conselheiro Ayres o desfrute de encontrar um amor que alegrasse seus dias de viúvo no Catete. Admiro o escritor, mas não ao ponto de imitá-lo: vou atrás do meu amor, cujo nome desconheço.

A TRAGÉDIA COBRIU DE SANGUE a baía da Guanabara, diante da bela paisagem, nossa companheira diária. Foi o que contou o Almirante Noronha na portaria, quando eu saía para caminhar e ele chegava da caminhada feita mais cedo, porque irá ao médico de ouvido. O caso é que dois aviões colidiram sobre o Morro Cara de Cão, ao lado do Pão de Açúcar, quando um deles ia pousar no Santos Dumont e o outro no Galeão.

"Eu assisti a tudo! Que horror!", disse a testemunha que viu da Urca, com os próprios olhos que a terra há de comer, o horrível desastre aéreo.

Trinta e oito passageiros, incluindo dezenove músicos, morreram a bordo do DC-6 da Marinha dos Estados Unidos que vinha de Buenos Aires; três sobreviveram. No outro avião, um DC-3 da Real que vinha de Campos dos Goytacazes, morreram os dois pilotos, as duas aeromoças e os 22 passageiros. Um deles era contraparente do meu amigo Vitório Magno, uma besta quadrada.

A testemunha ocular da catástrofe foi a atriz e cantora Esther Tarcitano. Preparava-se para cantar o samba "Pau no burro", quando os dois aviões colidiram sobre o morro em cuja encosta ergue-se o prédio da TV Tupi, que naquela hora transmitia o programa de variedades do almoço.

Um sócio do Iate, Albino Varela, foi o primeiro a chegar ao local onde caíram os destroços, perto da Fortaleza de São João, e conseguiu resgatar quatro sobreviventes do avião americano; um deles morreu a bordo da lancha de Albino, a "Brincadeira".

Isso aconteceu no dia de hoje, 23 de março, pouco após as 13 horas, mas em 1960. A banda era da Marinha americana e vinha animar o encontro, no Rio, do presidente Eisenhower com o presidente Juscelino, completou sua narração o velho Noronha, quando nos encontramos na portaria. Ele é meu vizinho de prédio, Almirante retirado, completou 89 anos outro dia e se apresenta ao mundo da pandemia como se tivesse a minha idade. É um jequitibá, uma força da natureza, o velho e bom Corsário do oitavo andar.

A recordação da tragédia, saída da boca do velho Noronha, foi um relato histórico. Para eu repeti-la, só pode ser morbidez. Efeito da pandemia nas mentes solitárias. E eu repeti o relato do velho Noronha para aquela moça que conheço de vista e de rabo de cavalo, e agora conheço pelo nome:

– Muito prazer, Helô.

Ela bebia água de coco no calçadão. Hoje o Fran não caminhou, foi tomar a primeira dose da vacina, eu estava livre para ousadias. Tomei a iniciativa da conversa enquanto também pedia um coco (sem ter sede), para justificar a parada na barraca do Gilson.

– É bom nos conhecermos à moda antiga, sem máscara – disse-lhe.

– Horrível isso! Quando é que vai terminar a agonia?

– Sabe-o Deus.

Contei a história do choque dos aviões com a intenção de mostrar a Helô que a bela paisagem da baía já viu tragédias imensas, maior do que a que ela me contou sobre o motivo do choro de dias atrás. Uma besteira. Pena que eu não soubesse nada sobre os corsários franceses que atacaram a cidade pela Urca, em 1555. Se soubesse, narraria o desespero das colonas portuguesas, para enfatizar a mesquinhez da dor de Helô diante das verdadeiras tragédias humanas.

Caminhamos juntos até o Memorial de Estácio de Sá. Conversa corriqueira, mas envolvente para mim. Na volta, ao nos despedirmos, lembrei-me da recente releitura de *Madame Bovary* e da receita do enamorado dela, Rodolfo Boulanger, para quem "o atrevimento é mais seguro" numa nova conquista.

– Aceita tomar uma caipirosca de lima-da-pérsia? – atrevi-me.

– O quê? Agora, nove da manhã?

– Qualquer hora, para dar mais beleza à vida...

– Vou pensar na oferta – disse ela com simpatia.

– Você mora onde?

– Na Machado de Assis.

– Ih! Meu amigo!

– Machado de Assis? Ah, entendi... – sorriu de novo. – E o senhor, mora onde?

– Naquele prédio ali. Mas não me chame senhor. Sou o Toninho Allardiato. Somos colegas.

– Como assim?

– Colegas de caminhada. Muito prazer, Helô. Você é uma simpatia.

Deliciosa moça, tem jeito de ser executiva.

Mais outro dia de pandemia bem vencido.

NÃO SOU LEITOR VORAZ, como a Mana. Aprecio ler livros que ninguém mais lê, romances esquecidos. Depois de fechar o *Memorial de Ayres*, fui ler um romance em que me identifiquei muito com o protagonista, mas o autor, traiçoeiro de uma figa, matou-o no final. Nem lhe deu chance de aparecer no último capítulo, entregando a voz narrativa ao seu antagonista. Bobagem. Que tem isso? O Quixote não morreu nas mãos de Cervantes? Camilo Castelo Branco não matou o seu *Amor de perdição*? Como é que um sujeito elegante como Flaubert pode ter matado madame Bovary?

Quem tem padrinho não morre pagão. Eis-me aqui, para observar o mundo dos vivos. E tentar o diário, como o Conselheiro Ayres.

Temos em casa, como tinha o saudoso amigo Carlos Antônio, o Carlinhos Balzac, a obra completa de Balzac, dezessete volumes. "É bom para enfrentar a pandemia", disse-me a Mana no início da prisão doméstica, em 2020. Li só uns três ou quatro, enfarei e fui ver no canal a cabo o seriado *Família Soprano*. Mas a leitura valeu pelas notas de rodapé do tradutor Paulo Rónai. Tinha razão o Carlinhos Balzac: essas notas nos dão o poder milagroso de falar de Balzac em qualquer botequim, para quaisquer plateias. O bom enganador pode falar sobre tudo e sobre todos, porque ninguém sabe tudo de todos. Foi a minha regra de vida, como advogado e segurador. Mana então tem me orientado a ler outros romancistas. Qualquer dia desses vou meter esses livros nas conversas que pretendo ter com Helô. Vai que cola?

Não deveriam existir livros que exigissem meditação profunda, como os que a Mana me dá a ler. De profundo basta o abismo da vida. Enquanto estou no abismo, meu amigo Vitório Magno continua nas alturas, na direção do Educandário Robespierre. Ele o abiscoitou com a viagem do Carlinhos Balzac para o Cemitério de São João Batista. O fundador do Robespierre foi um tenente-coronel, militante da Igreja Positivista, no começo do século passado, e batizou sua criação em homenagem ao político da Revolução Francesa. O nosso Vitório, vivíssimo na acepção brasileira do vocábulo, vive para onde sopra o vento; e como o vento hoje sopra para o lado do presidente da República, ele vai alterar o antigo nome da instituição. A besta quadrada do Vitório imita aquele confeiteiro Custódio de seu admirado Machado de Assis, escritor citado a torto e a direito em suas conversas banais. O caso está no *Esaú e Jacó*: quando o marechal Deodoro brandiu a espada no Campo de Santana, o confeiteiro, temeroso da intolerância popular, tratou logo de alterar o nome de seu café, de Confeitaria do Império para Confeitaria da República. Meu amigo Vitório mandou o contador exarar novo contrato social, porque alguém muito afeito aos dicionários (o Fran Gonçalves) disse-lhe que o vocábulo educandário é apropriado para institutos de educação básica, onde a infância faz o seu aprendizado das primeiras letras e números. Procede o reparo léxico. Vitório, porém, aproveitou o ensejo para rebatizar o velho e querido colégio; passará a ser Instituto Danton-Marat, condizente com a doutrina que acaba de abraçar pela força dos ventos soprados desde o Planalto Central. Justificou:

— Mantenho a tradição de prestigiar a Revolução Francesa — declarou sem cerimônia.

No fundo, o Vitório mostra seu desejo: guilhotinar os adversários do governo.

É uma besta quadrada, esse Vitório.

O confeiteiro de Machado de Assis não se rendeu com facilidade ao vendaval político. Pelo sim, pelo não, já que podia acontecer uma reviravolta, mandou pintar o novo nome do estabelecimento com neutralidade: Confeitaria do Custódio.

CRUZEI COM HELÔ, eu indo para o Monumento aos Mortos e ela voltando de lá, em direção à Carmem Miranda. Disse-lhe olá e ela me respondeu olá também, mas um olá enorme, no qual coube mais uma ousadia de minha parte:

— Posso lhe acompanhar?

— Um prazer. Vou até a curva da Oswaldo Cruz.

— É o meu roteiro. Obrigado.

Agradável conversa sobre temas banais de oportunidade: o frio, Bolsonaro, pandemia, filmes, alguma coisinha pessoal, como trabalha em quê? Animais domésticos, eu com o meu Gato de Botas, ela com saudades de sua Joli, cachorrinha da infância falecida há anos. Não tem mais animais em casa, para não sofrer com o trauma da perda. Ajuda mensalmente a associação que acolhe os gatos do

Aterro; muitos são deixados ali à noite, por gente que não pode criá-los ou simplesmente como descarte indesejado. Helô fornece três sacos de grãos próprios para a alimentação felina. Contei-lhe que há três anos adotei um deles, o Gato de Botas.

As curiosidades pessoais partiram de mim, tendo-lhe perguntado o que fazia na vida profissional. Respondeu que era economista com escritório de consultoria financeira em parceria com uma amiga advogada. Mas, com a pandemia, trabalha agora mais em casa, por teleconferência. Só vai ao escritório quando estritamente necessário. Usa o celular moderadamente, não é de ficar olhando para a tela a todo momento, como as moças da sua idade que cruzam conosco no calçadão. Disse-me que a mãe dela, suíça, tem horror a telefone celular.

De minha parte dei-lhe informações sucintas também: advoguei na mocidade, depois tornei-me empresário no ramo de seguros. Também sou usuário moderado do telefone pessoal. Por vaidade, acrescentei que já havia escrito uma novela de costumes, tendo como cenário a atividade política brasileira.

– Ora, então estou caminhando com um escritor? – disse ela, com surpresa.

– Não me considero escritor, mas casualmente autor de um livro – respondi, com alguma afetação, confesso. E ajuntei: – Muitos colegas da minha geração, como um amigo excepcional que morreu de Covid no ano passado, o Carlinhos Balzac, escreveram livros e não eram escritores.

Mesmo avisada dessa ressalva, Helô mostrou-se curiosa sobre a atividade literária; então aproveitei para enchê-la de preconceitos, da curva do Morro da Viúva até a altura da rua Machado de Assis. Mas essa conversa não me interessa, no momento, registrá-la neste diário. Outro dia o farei, porque minha prioridade é somente a pessoa de Helô. E apostei novamente na convicção do enamorado da Madame Bovary, Boulanger, para quem a ousadia garante a conquista:

– E a nossa caipirosca, Helô?

– Vamos bebê-la, sim. Me aguarde – respondeu, ao nos despedirmos com simpatia recíproca.

Deliciosa moça, a Helô.

Valeu, Flaubert.

Mais um dia de vitória sobre a pandemia.

ABRI A JANELA DA BIBLIOTECA, de onde vigio o Aterro, para receber a brisa da madrugada. Eram duas horas de noite fechada e fria; fumei um charuto bitola curta sentado na banqueta do gato, tinha umas doses de conhaque na cabeça, meditei sobre o protagonista da novela cuja leitura terminei. Ora, o protagonista tinha mesmo de morrer, fez bem o autor em matá-lo. Melhor outra dose. Fui então à cozinha beliscar um embutido na geladeira e, ao regressar à biblioteca, o Gato de Botas não havia aparecido. Ocupei o assento que não é meu, é do companheiro de anos. O gato certamente estará na cobertura.

A cada dia, a sua agonia, puxo-me a orelha. Não devo me esquentar pelo gato, é um bandoleiro. Vai se virar no jardim da cobertura, com seus perigos de abismo de décimo andar. A Mana fica danada da vida quando deixo aberta a porta da cobertura, com medo de o gato pular.

– Aprenda, meu irmão: gato gosta de desafiar a morte.
– De onde tirou isso?
– De onde mais tiraria? Dos livros, ora!

Os gatos são como os ciclistas cariocas: gostam de desafiar a morte.

A Mana não para de ler. Então, depois que voltamos de vez para o Rio, ela aposentada da USP e eu tendo vendido a corretora de seguros, a biblioteca cresceu em quinhentos volumes. Apenas uns trinta são meus, todos eles comprados em sebos. Só leio autor morto.

Como o gato, estou ficando cada dia mais idiossincrático. Esse foi o tema abordado na caminhada de hoje com Helô. Desenvolvo teorias ao deus-dará. Firmei a convicção de que não tenho pendores de escritor; posso ser autor de livros, conforme disse a Helô. Tendo ela manifestado o interesse no assunto, disse-lhe que escritor é outra categoria, diversa da de autor de livros. E destilei meus conceitos e preconceitos firmados na solidão da pandemia:

– Existem dois tipos de escritor, Helô. Aquele que vive exclusivamente de seu trabalho intelectual, isto é, o escritor profissional. O outro tipo é aquele que faz da escrita o pão da vida, e, sendo assim, vive ou sobrevive dos direitos que recolhe ao espírito.

– Machado de Assis, tendo sido funcionário público, está de fora, então? – ela me perguntou.

– Está – respondi com firmeza. – O maior escritor brasileiro de todos os tempos tinha o seu ganha-pão como funcionário, não encheu o bolso com seus livros. Quando se registrava num hotel de Petrópolis, não escrevia na ficha de identificação, no quadradinho destinado à profissão: "Escritor". O bom Machado era um servidor público exemplar, muito competente, esqueça o que dele disse, em contrário, o Epitácio Pessoa, então ministro da Viação, quando o romancista o secretariou. Inveja pura do Epitácio.

Helô teve paciência com o seu novo amigo preconceituoso, portanto inverídico, ou achou interessante a conversa, pois a escutou com atenção e fez-me indagações. Ela aprecia romances e biografias. Contei-lhe que, quando comecei a ler, início dos anos 1960, pouquíssimos escritores brasileiros formavam o primeiro time dos *best-sellers*. Viviam de seus ganhos literários, somente deles, pois não tinham emprego público nem privado, apenas os romancistas Jorge Amado e Cassandra Rios; Chico Xavier recebia vultosas quantias de seus escritos espiritistas e as investia em sua ação social; e, fechando a lista, os autores de cordéis do Nordeste. Interessante a diversidade literária desse rol. Todos eles de origem popular, cada qual no seu nicho temático: o social, o sexual, o religioso e aqueles que reuniam tudo isso na rima alegre do sertanejo.

– Tinha também o Nelson Rodrigues, que vivia dos livros, de suas peças teatrais e do trabalho na imprensa carioca.

– Não conheço.

– Vá ao sebo da rua Buarque de Macedo e peça *Bonitinha, mas ordinária.*

– Nossa!

Prossegui a minha lenga-lenga nos ouvidos da extraordinariamente bela Helô:

– Não podemos enfileirar nesse time de escritores o grande Érico Veríssimo, pois ele, como Machado de Assis, tinha emprego público; era professor, e na iniciativa privada, assalariado da Editora Globo como tradutor e editor. Também não vou mencionar outros romancistas, dicionaristas, autores de livros infantis e didáticos, de enorme saída em tiragens, porque tinham empregos no magistério. E o poeta mais vendido: o funcionário público Drummond? O professor Bandeira? Qual nada! Era o J. G. de Araújo Jorge, que vendia feito água, mas exercia a profissão remunerada de radialista.

– Não me diga! Jura?

– Vez ou outra, aparecia no cenário editorial brasileiro autores de sucesso ocasional e que garantiam por algum tempo o seu sustento. Foi o caso de uma favelada que escreveu *Quarto de despejo*, Carolina Maria de Jesus, ganhou um dinheirinho para adquirir uma casa, aparecia na televisão e falava no rádio, e foi desaparecendo até morrer na quase miséria, me contou o Fran. Há muitos exemplos parecidos. Tivemos um sacerdote-médico muito culto, João Mohana, que obteve sucessos de venda com livros edificantes sobre sexualidade, como *A vida sexual dos solteiros e casados* e *A vida afetiva dos que não se casam.*

– Interessante. Você os leu?

– Corria deles!

Helô sorriu discretamente. E tomou outro caminho:

– Mas hoje – opinou Helô – temos escritores que concorrem no mercado internacional, como o Paulo Coelho. Já li e gostei.

– Ninguém vende milhões de exemplares no mundo todo sem ter méritos. Quem esculhamba o Paulo Coelho é invejoso, como o Epitácio Pessoa era do Machado de Assis.

– Deve ser, sim.

Nesta altura da caminhada, perto de bebermos água de coco na barraca do Gilson, introduzi na conversa a besta quadrada do Vitório Magno, sem mencionar o nome dele. Tratei-o de "um amigo". E narrei:

– Sou igual a esse amigo no amor a Machado de Assis. Para nós dois, o brasileiro está à frente de Balzac, de Eça de Queiroz. O amor do meu amigo é mais dedicado. Ele esteve presente à cerimônia de deposição dos restos mortais de Machado no Mausoléu da Academia Brasileira de Letras, em 20 de janeiro de 1999, enfatiotado num terno preto, propício à ocasião.

– Mas ele é da família de Machado de Assis? – perguntou a minha deliciosa amiga.

– Não, mas aos olhos de todos parecia um parente. Acompanhou a transladação dos ossos do escritor e de sua mulher amada Carolina, ossos que se encontravam no túmulo da família, no próprio São João Batista. Os herdeiros concordaram com a mudança de endereço, no mesmo cemitério. E passaram nos cobres o túmulo original, por 120 mil reais. O comprador preferiu ficar no anonimato.

– Jura?

– Verdade.

E emendei:

– Não me surpreenderá se descobrirem um dia que o dinheiro saiu do bolso desse meu amigo, pois a besta quadrada estava com o dito bolso recheado de seus altos ganhos na interventoria da caderneta de poupança Marvel, aquela mesma que faliu fraudulentamente. Não, duvido do que afirmei; meu amigo ama Machado de verdade, mas secretamente (ou nem tanto) tem outro amor, como ele confessa sem pudor.

– E qual é esse amor? Uma escritora bonita? – perguntou com malícia a deliciosa Helô.

– Não, é outra divindade. Certo dia, há anos, almoçávamos num restaurante da Praça XV quando um escritor medíocre, mas muito ativo no cenário de livrarias, ofereceu a este meu amigo a glória de figurar numa seleta de poetas fluminenses bissextos, que o pobre cavador estava compondo. Esse meu amigo fez ou faz poesia até hoje. Sabe o que ele respondeu ao autor da seleta? "Em vez de glória literária, prefiro sempre a minha parte em dinheiro".

– Puxa! Direto assim?

– Na lata! Ele era subgerente de um banco francês. Hoje está milionário.

– Então a divindade dele é forte! – disse Helô com alegria.

Mas não convinha esmiuçar o caso do Vitório Magno.

Despedimo-nos com a mesma simpatia mútua das outras vezes.

Ainda bem que a Mana não vai saber das ideias idiossincráticas de seu irmão.

O CALÇADÃO DO ATERRO não tem o charme do calçadão de Ipanema-Leblon nem o de Copacabana, com sua paisagem oceânica, praias de lindas areias e desfile permanente de biquínis com recheios deliciosos. O calçadão do Aterro tem outros encantos, a começar por Helô. Temos realizado caminhadas alternativas, pelas alamedas interiores, algumas estradinhas arbóreas de conto de fadas, gozando as delícias do deslumbramento vegetal ali plantado artificialmente durante a administração de um vizinho nosso, o governador Carlos Lacerda, em 1965. Cruzamos com poucos caminhantes de classe média e muitos de média baixa e proletários. O Flamengo e seu gêmeo Catete, outrora bairros de belos palacetes, já há décadas não abrigam barões e milionários. Remanescem por aqui uns poucos baronetes semifalidos, como o Almeidinha, do quinto andar: o bisavô plantou uma basta floresta, o avô conservou-a, o pai desbastou-a e agora o Almeidinha derruba o bosque. Meu pai desejava para o filho o renome do jurista aplaudido que ele foi, mas falhava-me aptidão e sobrava-me a alegria de viver. Deu no que deu. É assim que funciona o mundo, lê-se nos grandes escritores de outrora da biblioteca da Mana. O Vitório Magno tem na gaveta, há anos, um romance, *Os bem-nascidos*, escrito sob inspiração de uma tirada impiedosa do recalcado Julien Sorel de *O vermelho e o negro*; a Mana, exigente, leu-o a pedido dele, e embora não aprecie o caráter do meu amigo, disse que "Stendhal não ficaria chateado"; o Fran se dispôs a publicá-lo, mas Vitório Magno hesita. Parece que é autobiográfico, como aquele que serviu de sugestão. Se for autobiográfico, posso estar encapuzado no meio e o personagem não deve ser edificante. Ainda bem que a Mana desconhece detalhes da vivência comum de autor e personagem.

Nas caminhadas com Helô, há um tropeço numa das alamedas, que é a estação de tratamento de esgotos do Flamengo; porém, cem metros antes de respirarmos o ar que não condiz com o meu amor, desviamos o rumo para o calçadão principal e pronto, estamos salvos.

Caminhar pelos calçadões da orla oceânica inspirou poetas, caminhar pelo Aterro estimula brincadeiras no setentão ocioso. Vindos do Museu de Arte Moderna, tendo o Pão de Açúcar à nossa frente, apreciamos as manobras dos aviões que pousam no Santos Dumont. As manobras de um avião da Azul maravilharam Helô:

– Meu irmão Bert diz que esta é a mais bonita aproximação para pouso de todo o mundo. E Bert conhece todos os aeroportos do mundo. Ele é piloto.

Propus-lhe um jogo infantil inventado pelo Carlinhos Balzac quando, nos anos de fartura econômica do Milagre Brasileiro, nos anos 70, íamos almoçar no restaurante

Albamar, na Praça XV, coração financeiro do Rio, de onde se avista a cabeceira da pista dos aviões que pousam no sentido da Ponte Rio-Niterói. Carlinhos me dizia: "Você é Varig, eu sou Vasp. Quem pousar menos aviões, paga a conta". Helô escolheu Latam, eu a Gol. Ela perdeu. Tentei impedi-la de pagar a conta dos cocos na barraca do Gilson. Ela insistiu:

– Jogo é jogo, tenho de pagar.

Pagou.

Hoje renovamos o jogo. Ela olhou o relógio de pulso e escolheu Latam de novo. Ganhou. Caráter íntegro, confessou:

– Apurei na internet que esse é o horário de maior pico da Latam. Não vou lhe cobrar, seria desonesto. Cada um paga o seu coco.

Moça maravilhosa!

Mais uma vitória sobre a pandemia.

DIA PROVEITOSO. Caminhei com Helô. Defronte à rua Machado de Assis, ela disse que por ali parava, ia para casa porque tinha uma teleconferência com uma advogada com quem desenvolve parceria de trabalho.

– E a nossa caipirosca? Quando será?

Ela abriu um sorriso (senti-o atrás da máscara).

– Então almoçamos? – perguntei.

– Só posso à noite.

Fiz uns segundos de silêncio, reflexo de uma situação de aperto, porque não costumo jantar por recomendação do cardiologista. E com a pandemia, cortei as noitadas. Sou boêmio diurno. Ela interpretou de outro modo.

– Já sei, você é casado e não pode sair à noite.

– Não, sou viúvo – e, ridiculamente, apresentei-lhe minhas duas mãos espalmadas, como se a ausência de aliança fosse documento probatório.

– Viúvo? Jura?

– Juro.

– Mas tem namorada. Já lhe vi no Belmonte com uma morena bonitona.

– Me viu? E nem me procurou?

– Ora, iria interromper um namoro?

Esbocei um sorriso que ela percebeu atrás da minha máscara.

– É a Mana, minha irmã. Moramos sob o mesmo teto.

Juro que Helô me devolveu um sorriso satisfeito atrás da máscara. Ela então disse:

– Você é simpático, Toninho... Vamos ver. Quem sabe na quinta bebemos a caipirosca?

Agi com rapidez:

– Fechado. No Belmonte? É o único que está aberto aqui perto.

– Fechado.

– Eu te busco.

– Não precisa. Vou de *bike*.

– Não me diga! Você pedala?

– De quinta a sábado, só à noite. Temos um grupo, saímos do MAM, vamos até o final do Leblon e voltamos.

– Beleza! Que saúde!

– É ótimo, a gente descarrega o *stress*.

– Então você irá de bicicleta ao restaurante?

Pilheriou:

– Sim, mas fique tranquilo: não irei de traje esportivo para menosprezar seu convite... Só usarei o capacete até à porta do Belmonte. E não irei pedalar com o grupo. Vou de banho tomado e toalete.

E mostrou novamente o encantador sorriso atrás da máscara. O enamorado vê o que deseja, ora.

Sorri também e falei:

– E na volta? Sua *bike*, sendo esportiva, não tem garupa, e eu não possuo estofo para viajar no cano...

– Voltaremos a pé, eu deixo você empurrar a *bike*...

Retirei a máscara, dei um passinho para trás, e enviei-lhe um beijo com a mão direita.

Helô retribuiu da mesma forma, desnudando o rosto. Boca deliciosa de Britney Spears aos 28 anos. Que sorriso!

E do outro lado da pista me deu tchau.

Devolvi-o, jovialmente.

O amor rejuvenesce.

Mas voltei para casa com uma pulga atrás da orelha: Helô disse-me que só fez um único amigo na vida, um tal de "Angelo, sem acento circunflexo" (ela deu uma risadinha), antigo colega de faculdade, hoje economista em Londres. Foi ele o motivo do choro de dias atrás: avisou que não quer saber mais do Brasil. Ora, isso é motivo de choro? Quero mais é que esse Angelo fique longe do Aterro.

ABRI DEMAIS A BOCA na caminhada de hoje com Helô. Resolvi contar-lhe mais lorotas sobre a minha vida. Mania besta de setentões, essa de visitar o passado. Ela me deu corda, mostrando interesse. Não sei se agi bem. O enamorado não deve se abrir muito ao coração que deseja conquistar, ao contrário do que se lê nos escritores românticos. O que sei é que, a propósito de mencionar a recente leitura do *Memorial de Ayres*, deitei falação ao retornarmos do Monumento aos Mortos da Segunda Guerra Mundial. O grilo falante começou:

– Meu falecido amigo Carlinhos Balzac, engenheiro e financista, namorava o escritor francês que lhe deu o apelido. Já um outro amigo, o advogado Vitório Magno, ama Machado de Assis.

– E você, a quem ama? – atiçou Helô.

– Vou mudar a voz narrativa para destravar bloqueios mentais, ok?

– Faça isso, meu amigo. Conte-me.

– Os amores de Toninho não saíram da Literatura, são retirados da História: Júlio César e Napoleão. Na faculdade de Direito, até chegou a fazer o papel de advogado de acusação dos assassinos de César no julgamento teatral promovido pelo diretório acadêmico.

– Jura?

– Foi mesmo. Aconteceu durante a ditadura militar. O Vitório, excelente aluno, ajudou o Toninho na formulação da tese de acusação dos assassinos de Júlio César. Mas perderam a causa. E o promotor Toninho foi até vaiado pela assistência do anfiteatro. Os jurados, colegas de classe, acharam que, absolvendo os senadores romanos pelo crime, estavam na verdade condenando os militares no poder. Júlio César era o governante da hora no Brasil.

Helô interpretou:

– Ideologizaram o teatrinho estudantil.

Com esse novo estímulo, nem paramos no quiosque do Gilson. Seguimos em direção ao memorial de Carmen Miranda.

– Vamos beber água de coco na volta – ela comandou.

E eu prossegui, cheio de vaidade, continuando a usar a terceira pessoa como escudo:

– Ao conhecer Roma, diante do Fórum, Toninho solenemente ridículo disse à Mana: "Respiramos o mesmo ar que um dia respirou o divino Júlio". Mas essa foi a única homenagem ao estadista romano. O farsante Toninho nem mesmo completou a leitura do clássico de Shakespeare sobre a culminância de César, que foi a sua gloriosa morte no Senado. Agiu do mesmo modo com o seu outro ídolo moral, Napoleão.

— E como foi? — a curiosidade de Helô estampava-se no rosto encoberto pela máscara.

Atrevi-me:

— Toninho, entre idas e vindas à Europa, gastando a herança do pai (e às vezes a escondendo, para forçar o Vitório a meter a mão no bolso), permaneceu meses na França, viúvo novo, e foi incapaz de visitar o túmulo de Napoleão nos Invalides.

— Puxa! Até eu fui lá. Meus pais me levaram quando era menina.

— Pois então. Mas o Toninho se deu ao recreio de ir ao cemitério de Père Lachaise para visitar o túmulo do doutor Hipppolyte Léon Denizard Rivai! Jamais leu um livro de Allan Kardec, e até zombava da doutrina criada por esse notável homem de espírito.

Nesse ponto da narração, ainda bem, contive minha impetuosa cachoeira de confissões e mascarei o motivo da visita ao cemitério. Eu poderia perder Helô para sempre. Só conto agora para a página muda. Tinha em mente aventurar-me com uma baiana que estudava Antropologia. E Vitório morria de amores por uma amiga dela, bolsista carioca que fazia um trabalho acadêmico sobre arquitetura de monumentos fúnebres. Essa parte do Vitório eu tive satisfação em contar:

— Essa arquiteta produziu um belíssimo livro de arte editado pelo Fran Gonçalves, *A última morada deles*. Na noite de lançamento, a autora escreveu a seguinte dedicatória para o antigo namorado: "Você não merece uma lápide de mármore raso".

Helô parou de caminhar para rir. Até tirou a máscara:

– Mereceu, esse Vitório! Bem feito!

Deu-me combustível, a Helô. E de volta ao quiosque do Gilson, para finalmente beber a água de coco, narrei mais uma visita mortuária. Evidentemente me subtraí da cena, porque poderia perder Helô. Na verdade, ocorreu que Vitório e eu fomos à Normandia em companhia de duas balzaquianas ítalo-americanas que conhecemos em Paris e nos engatamos. Por acaso iríamos visitar cenários napoleônicos ou de romances célebres, como anunciava a agência de turismo literário na qual compramos o pacote de viagem? Qual nada! Fomos acompanhar as namoradas numa romaria ao cemitério dos soldados americanos mortos no desembarque do Dia D. Elas choraram diante da lápide de seus parentes, heróis anônimos tombados na praia de codinome Omaha. Os dois cafajestes tiveram a cara de pau de chorar também. Que faz o sexo! Mas escondi-me para Helô, só apareceu na cena narrada a figura do meu amigo. Apimentei:

– O Vitório parecia um soldado Ryan chorando no túmulo daquele que resgatou o verdadeiro Ryan, como no filme de Spielberg. Ridículo, Helô, ridículo!

– E como você soube do caso, se lá não estava? – inquiriu-me Helô.

– A americana me contou em Paris, no dia em que Vitório deu-lhe o fora – menti numa boa.

Helô engasgou com a água de coco e soltou uma gostosa gargalhada.

— Um crápula, esse Vitório! — ria-se a valer.

Aqui no escritório, tenho uma foto do cemitério da Normandia tirada por uma das namoradas, naquela máquina Polaroid que revelava na hora. Vitório e o outro crápula estão ajoelhados diante do túmulo. Ridículo. Nunca mostrei para a Mana. Ainda bem que o colorido está descorando a minha figura.

Pesando na balança, não sei se fiz bem em abrir-me tanto ao coração de Helô. Agora, ela sabe mais de mim do que eu sei dela.

Isso é um perigo.

MAIS CONFISSÕES, agora só para a página muda. Em telefonema ao Vitório, a propósito da visita ao túmulo de Allan Kardec, veio-me à lembrança outra desfaçatez nossa. Foi um abismo. O caso é que se iam por água abaixo os embargos auriculares junto ao desembargador Aguiar, que julgava o pedido de desbloqueio dos bens do banqueiro Francisco José, o protetor de Carlinhos Balzac. Esse magistrado Aguiar, do Tribunal de Alçada do Rio, tratava-se de homem honrado, de largo conhecimento jurídico e de bom coração. Era descendente espiritual daquele personagem do *Memorial de Ayres* "do nosso Machado", também chamado desembargador Aguiar. Ora, os dois advogados mandriões já davam por favas contadas o despacho favorável ao pleito do banqueiro. Eis que Vitório, diante da sortida biblioteca de temas espiritistas na casa do juiz que decidiria a vida financeira do nosso cliente, fez um comentário desairoso sobre a figura literária de Allan Kardec. E Toninho amargou ainda mais a invectiva, com deboches pretensamente católicos ao Espiritismo de Chico Xavier. Ainda bem que meu pai não soube da desfeita do filho ao honrado magistrado, seu particular amigo, que abrira a intimidade do lar para nos receber. Acho que havíamos bebido três doses a mais no almoço.

No entanto, nada como a Amizade e a Providência Divina para nos tirar do abismo. Ambas as entidades que regem o mundo de Deus encarnaram na pessoa bondosa do escritor Antônio Carlos Vilaça, meu vizinho na praia do Flamengo (residia de favor na sede do Pen Clube) e muito amigo do Fran Gonçalves. Católico devoto, respeitador da fé alheia, Vilaça gozava da amizade do desembargador Aguiar e era, como este, dono de alma generosa, tanto para escrever prefácios elogiosos para romancistas jovens editados pelo Fran Gonçalves quanto para apaziguar desaguisados criados por mentecaptos. Toninho e Vitório conheciam Vilaça de mesas gordurosas e adocicadas, os dois amores seculares na vida do santo escritor. No domingo seguinte ao incidente na biblioteca do desembargador Aguiar, os dois advogados prestes a cair no abismo cercaram Vilaça na saída da missa do Mosteiro de São Bento e o convidaram para o almoço espetacular no restaurante Casa da Suíça. Convite irrecusável. Em meio à perdição daquilo que Vilaça mais apreciava depois dos livros, doces de chocolate, rogaram ao bom homem de Deus que os salvassem da antipatia do descendente espiritual do personagem homônimo do "nosso Machado". E assim aconteceu.

Preciso registrar o espírito cristão do desembargador Aguiar, perdoando os dois mentecaptos das injúrias literárias e científicas atiradas à memória de Allan Kardec e de Chico Xavier. E confessar um pecado imperdoável: o santo Vilaça subiu ao Céu sem provar a rabada com agrião e polenta de dona Elvirinha. Prometi e por desleixo (uísques a mais com o Vitório e o Carlinhos Balzac) não cumpri a promessa. Ainda bem que meu velho pai não soube. Outro abismo.

Até hoje dona Elvirinha me cutuca: "E aquele escritor que vinha comer a rabada com agrião e angu e não apareceu nunca?".

PRECISAVA FALAR de dona Elvirinha. E na caminhada de hoje, ela dominou a paisagem do Aterro. Helô era toda ouvidos para a companheira de vida minha e da Mana. Contei-lhe:

– Dona Elvira está conosco há mais de sessenta anos. Cozinhou para meus pais suas gorduras apetitosas: torresmos, rabadas, feijoadas, leitoa à pururuca (sentiu-se muito culpada pela diverticulite que me acometeu quando residíamos em São Paulo). Nasceu no Morro do Curvelo, em Santa Teresa; sua avó foi cozinheira na pensão onde residiu, naquele bairro, Ribeiro Couto, e sua mãe, da mesma profissão, agradou o paladar de Manuel Bandeira, duas joias da Literatura e amigos inseparáveis.

O apartamento em que residimos foi adquirido por meu pai em 1947, quando nasci. Em 1964, veio como arrumadeira a Elvirinha, onomástico da sua mocidade que permanece até hoje. Elvira Maria dos Anjos. Que nome! Mais velha apenas quatro anos do que o estudante da casa. Minha mãe, com alto sentido social, conduziu-a para completar o curso primário numa escola do Catete e depois matriculou-a no Colégio Estadual Amaro Cavalcanti, onde cursou até o segundo ano ginasial. Elvirinha deu por concluído nesta altura o aprendizado a que se achava capaz. Foi uma pena, ela admitiu, pois minha mãe, no volante de seu Aero Willys de duas cores, certa vez passou diante da velha Escola de Enfermagem Ana Nery, no Morro da Viúva, e disse para a mocinha ao seu lado: "Você tem tudo para ser uma boa enfermeira".

Ela foi moça esbelta, parecia uma das mulatas do Di Cavalcanti: cheia de boas carnes, que ela, católica praticante, escondia de todos, sobretudo do menino que o vizinho do oitavo andar apelidou Pirralho. Dá-me muita vergonha confessar que num dia de férias em Paquetá, onde alugávamos casa de verão, o Pirralho enfiou o olho no basculante para espiá-la tomando banho.

A vida deu-lhe outro destino, depois que o noivo morreu de apendicite. Já a mãe, havia morrido há tempos, atropelada por um bonde no ponto do Tabuleiro da Baiana. Elvirinha tomou desgosto, a muito custo superado pela força de seu caráter, forjado no sangue forte que vinha dos ancestrais do Ventre Livre. Com a aposentadoria da velha cozinheira Das Dores, que ganhou dos patrões uma casinha em Cascadura, a moça ocupou o lugar por vontade própria.

Herdou da mãe, da avó e da bisavó do Morro do Curvelo os pendores para a boa mesa.

Falar de Elvirinha é biografar também o apartamento. No decurso do tempo, nosso lar sofreu três reformas, e deste modo Mana as apelidou: a Reforma JK, em 1958, com a introdução de decoração moderna, imitando a ação governamental do "presidente bossa-nova"; a Reforma Médici, de 1973 (num tempo em que, Mana e eu, a pedido de mamãe, passamos a dar senhoria à dona Elvirinha), com edificações de lazer na cobertura, "o equivalente", dizia meu velho pai, "à construção da Ponte Rio-Niterói"; e a Reforma Lula, de 2008, com os velhos já falecidos desde o final do século anterior. Nesta reforma, a Mana (dizia ela, então enamorada de Lula), "ressaltaria a justa distribuição de renda". As obras ocorreram quando residíamos em São Paulo, mas já mirávamos o regresso às origens, e o quarto de hóspedes passou a ser a "suíte dona Elvirinha". Está situado entre o meu quarto e o quarto da Mana. Ali é o seu santuário, tem oratório com genuflexório, ela vê TV, faz as suas leituras – a Mana deu-lhe, a pedido dela, todo o Monteiro Lobato infantil, hagiológios, o *Tesouro da juventude* (que foi meu, herdado do tio Netto), livros de poesias e o velho exemplar de *Quarto de despejo*, com dedicatória da autora; – minha mãe levou Elvirinha à tarde de autógrafos no saguão da revista *O Cruzeiro*, na rua do Acre. Guarda com desvelo a primeira edição de *O crime do estudante Batista*, de Ribeiro Couto, com autógrafo do autor para a avó dela. Ela já releu não sei quantas vezes esse romance, e quando aparece oportunidade, gosta de contar com apropriada dramaticidade o desenrolar do trágico episódio do protagonista que acabou assassinando o livreiro avarento do Catete a quem o estudante vendera todos os seus livros para não passar fome. Vira e mexe, ela pergunta à Mana se, como professora de Literatura, acha que o Batista existiu mesmo.

Mana repete:

"Tudo é possível, Elvirinha, pode ser uma lembrança que o autor transformou em romance".

E Elvirinha sempre termina assim a sua narração da desdita do estudante:

"Eu não condenaria o rapaz, coitado. Rezo sempre para o Batista".

A Mana teve uma colega de magistério na USP que, ouvindo a trajetória de Elvirinha em nossa casa, disse na cara de minha irmã que a nossa família fizera uma "leitura aburguesada" da Abolição; que a valorização pessoal de Elvira era "uma exteriorização da pieguice católica da hipócrita classe média brasileira". Mana enfureceu-se no restaurante japonês onde um grupo de docentes costumava almoçar às sextas-feiras para louvar o PT, e quase saíram as duas no sopapo em meio aos *sushis*. O incidente foi narrado lá em casa, no Morumbi; Elvirinha, num eco de Manuel Bandeira, ralhou com a Mana: "Se você tivesse vindo comer a nossa feijoada, tudo estaria em paz".

Por volta de 2003, Elvirinha reencontrou por acaso no supermercado uma prima que não via há anos. Era terceirizada na limpeza do hospital Einstein no Morumbi e residia na favela de Paraisópolis. Uso o termo favela em homenagem à Elvirinha: ela detesta a invenção léxica "comunidade" para substituir o consagrado vocábulo "favela". Diz ela: "Isso é coisa de pessoas bobas. Elas acreditam que se falar favela é uma ofensa, e dizer comunidade é ser mais digno com os pobres".

Elvirinha ganhou uma intensa felicidade no reencontro com a parenta e disse para nós que gostaria de morar por uns tempos com a prima Quininha. Mana satisfez-lhe a vontade. Considerava que Elvirinha encontrara um destino novo, que nós tínhamos de aceitar, contrariando as minhas ponderações com respeito à segurança de Paraisópolis. Adquirimos então uma casa de três cômodos para abrigar as duas primas solteiras; o imóvel registrado em nome de Elvirinha; e ela mobiliou a vivenda fazendo uso de suas economias. Era um brinco. Elvirinha, diariamente, ia de manhã de Paraisópolis para o Morumbi e voltava ao cair da tarde; achava esse ir e vir uma injeção de ânimo. Viveram ali as duas senhoras dias felizes até que a tragédia bateu-lhes à porta: o filho da vizinha foi assassinado a tiros pela PM em frente à casa. Em seguida, fui operado de diverticulite e tomei a decisão de vender a corretora e a casa do Morumbi e voltar para o Rio. Nossa companheira de vida não titubeou: "Vim com vocês, volto com vocês".

Ela doou a casa de Paraisópolis, de papel passado, para a prima Quininha.

Com a pandemia, nossa cozinheira do Rio foi mandada ficar em casa, em Caxias, cuidando de si e dos filhos até a segunda dose da vacina; Elvirinha assumiu os encargos exigidos pelos nossos estômagos, de segunda a sexta; aos sábados, peço comida pelo *delivery* ou, caso Mana concorde (ela ainda tem muito medo neste segundo ano de flagelo), almoçamos os três em algum restaurante bom que esteja aberto, mesmo com restrições; e, no domingo, quem manda na cozinha é minha irmã. Ela faz uma pausa na Literatura e nos brinda com pratos *old fashion* do nosso agrado milenar: cozido à brasileira, bacalhau ao forno, lasanha, nhoque com carne assada, risotos variados, e mais outros encantos de sua incrível sapiência culinária que encantaria também legionários romanos, os boinas azuis da ONU, as cantinas da Vila Militar. O mais incrível é que a *chef* tem o corpinho esguio nos seus 1,73m, a cara da Anouk Aimée em *Oito e meio*, de Fellini. Até hoje não entendo como nenhum príncipe encantado se casou com a Mana! Quando ela decide preparar um *filet au poivre vert*, bem alto, com arroz branco e batatas *sautées*, a trilha sonora é assinada pelo francês Gilbert Bécaud; domingo de massas é dia de Domenico Modugno tomar conta da sonoridade da ampla cozinha. Temos em casa umas relíquias da classe média dos anos 1960/70, como um toca-discos portátil RCA Victor. Ouvindo esses cantores dos quais não mais se falam, a não ser que morram, Mana, mesmo exibindo na cozinha a face alegre de quem comanda o fogão com alma venturosa (que é a companheira dos bons cozinheiros), homenageia a memória de nossa irmã, Alba Licínia, filha primogênita de nossos pais, colecionadora de *long plays* dos ídolos de sua juventude. A indesejada das gentes levou Alba Licínia aos 24 anos. Seria uma futura médica muito bonita e de predicados intelectuais. Apreciava romances cujas tramas envolvem a Medicina, como os do médico escocês A. J. Cronin. Chegou a escrever um estudo médico-literário sobre os caracteres dos protagonistas, comparando a fatuidade do doutor Carlos da Maia, criação de Eça de Queiroz em *Os Maias*, com o idealismo do doutor Andrew Mason de *A Cidadela*, de Cronin; com o simplório médico do interior Charles, marido da madame Bovary; e com o equivocado doutor Eugênio, de *Olhai os lírios dos campos*, de Érico Veríssimo. Nossas tristezas vêm daí, 1966. Não quero falar disso, já basta a pandemia. Mana encadernou todos os livros, com as iniciais A. L., e produziu domesticamente uma *plaquette* da monografia de Alba Licínia, que distribui aos amigos. Anos atrás, o Carlinhos Balzac, num gesto bonito, tirou uns exemplares na copiadora do Robespierre, para oferecer aos vestibulandos de Medicina.

Acho que a Mana, ouvindo os discos de Domenico Modugno, nos enche de alegria com seus pratos generosos de colesteróis e ganhe na cozinha a ousadia de uma *partisan* ao cantarolar o "Bella ciao". Ela revive talvez a nostalgia de um amor de juventude com "La Lontananza". Uma vez toquei nesse tema sensível com dona Elvirinha, mas nossa boa amiga desconversou; ela é detentora de segredos de nossa vida inteira, mas incapaz de uma inconfidência. Entretanto, a Mana é uma natureza de alegria. Eu apreciava demais os domingos de ajantarado que ela promovia quando ainda residíamos em São Paulo e vínhamos ao Rio passar os fins de semana. Ela convidava algumas amigas, balzaquianas divorciadas ou solteiras. E à noitinha subíamos para a cobertura, onde rolava só Abba, Tina Turner, Bee Gees, Tim Maia.

Apareciam também o Vitório Magno, o Carlinhos Balzac e um amigo deste, o Ivan Dentista, ótimo sujeito, que trazia um gravador de rolo de seis horas de música para dançar, peça histórica de uma danceteria do Leblon da qual foi sócio. A Mana, sabida, nos saraus de sábado passou a trancar as portas de todos os quartos, da biblioteca e dos banheiros de baixo, depois de flagrar o Vitório Magno em atitude que julgou suspeita com uma geógrafa jubilada. A partir de então, mandou dona Elvirinha fiscalizar os ajantarados. Acho que a Mana teve um caso com o Ivan. Ele era um tipo alegre, de inteligência sagaz, e cozinhava muito bem; fazia um belo par com a Mana na cozinha e nos salões. O Ivan era um carioca da classe de 1950, gênero romântico. Teria gosto se eles se tivessem casado, embora hoje ela fosse curtir a viuvez, como eu. A pandemia ceifou muitos dentistas, mas Ivan foi-se antes, e de tristeza, pelo abandono da mulher que achava ser a da sua vida. Ironia com quem foi um desbragado Don Juan.

Mas quero é falar de dona Elvira.

Ainda hoje, aos domingos, Elvirinha põe a mesa e segue para a missa no Outeiro da Glória (agora já voltaram a celebrar) ou a assiste em seu quarto pela TV Aparecida. Só vê a missa de Aparecida: ela detesta as transmitidas pelas outras emissoras por causa dos celebrantes que "falam muito alto, com trejeitos, e cantam como cantores do rádio". Todos nós temos as nossas idiossincrasias; a de Elvirinha é só essa. Ah, ela também tem horror a ver documentários sobre cobras e jacarés, mas aprecia ver os de elefantes e leões. Mana lhe deu um romance de Kipling, encadernado em azul, acho que O *livro da selva*. Um rapazola da transportadora de nossa mudança de São Paulo ficou maravilhado com a capa, um menino montado num elefante, e a Elvirinha deu-lhe o exemplar de presente.

Elvirinha não perde missa de domingo, mas nem liga se perder a sorte grande. Jogou na Quina e, na falta de um trocado para dar a um pedinte na rua do Catete, deu-lhe o jogo acabado de marcar. Virgem Santa! Quem me diz que não era o sorteado?

Então, aos domingos, agora na pandemia sem empregados em casa, eu cuido de retirar do armário as boas louças indicadas pela Elvira, ora portuguesas, ora inglesas, belgas e francesas, joias de nossa saudosa mãe; banho-as na pia para pô-las à mesa, e o Josias Porteiro chega às 17h para lavá-las com todo cuidado.

– Tenho certeza de que Elvirinha vai gostar muito de conhecer você, Helô – disse eu outro dia. E contei mais que Elvirinha encarna o que as donas de casa chamam de bênção. Poucas famílias hoje no Brasil, principalmente no Rio, recebem da Providência essa bênção. Ela é benquista, e todos os moradores do prédio lhe dão senhoria, e sua palavra é respeitada.

Quando Elvirinha for definitivamente morar na cripta de nossos pais no Caju, de sua alma sábia e boníssima dirão melhor esses versos de Manuel Bandeira:

Encontrará lavrado o campo, a casa limpa,
a mesa posta,
com cada coisa em seu lugar.

O ALMIRANTE NORONHA tem mesmo o gosto de desencavar tragédias no ar e no mar. Ele escreveu sobre o afundamento, em 1906, do encouraçado "Aquidabã", em que morreram 113 marinheiros, livro elogiado pelo Almirantado; sobre a Revolta da Chibata (1910), livro mal visto pela Marinha do seu tempo, pela discreta simpatia do autor aos marujos insubordinados; e também escreveu sobre o incidente internacional com o mercante alemão "Baden".

– Em outubro de 1930 – contou o velho Noronha – o "Baden" não obedeceu aos avisos da Fortaleza de Santa Cruz, forçou a saída da barra do Rio e acabou canhoneado pelo Forte do Leme, na época chamado Forte da Vigia. Morreram quinze tripulantes. O Reich alemão, que ainda não era o III Reich de Hitler, protestou e houve investigações lá e cá.

Antes da pandemia, Noronha foi todos os dias, durante sete meses, ao Tribunal Marítimo, no velho prédio da Praça XV, para escarafunchar os grossos volumes do processo, e produziu uma monografia que o Fran Gonçalves vai editar.

O meu vizinho narra as tragédias como historiador. Já eu as repasso com a morbidez injetada pela pandemia nas mentes ociosas. Andamos juntos nesta manhã nublada e fria. Ele foi calouro de meu saudoso tio Netto na Escola Naval; me conhece desde que eu era criança, e sabe que aprecio sua figura humana e dou fé de suas narrações. Falávamos daquela plataforma de extração de petróleo que, há anos, os cariocas avistam na baía. Paralisada, como se fosse uma colina de Niterói. Não sei mais que liame o Almirante encontrou para chegar ao caso que desfiou, no trajeto do Monumento aos Mortos da Segunda Guerra à barraca do Gilson. Tratava-se da triste história que envergonhou a humanidade em 2000: o naufrágio do "Kursk". Num dia de agosto daquele ano, mergulhadores noruegueses conseguiram entrar, por uma escotilha, no submarino nuclear russo e viram o cenário de horror ocorrido no Mar de Barents.

– O submarino que explodiu estava a apenas 108 metros de profundidade – contou meu colega de caminhada. Ora, essa distância é a mesma do prédio onde moramos até o ponto do calçadão onde iniciamos a caminhada. É só atravessar as pistas do Aterro. E a Rússia e demais potências tecnológicas, capazes de enviar homens à Lua e trazê-los de volta, não conseguiram salvar os 23 submarinistas, que se encapsularam num compartimento e enviaram por 48 horas sinais de socorro, até o oxigênio se extinguir. Na terminologia nuclear, o compartimento que os abrigou chama-se sarcófago. A denominação é positiva, e não a que empregamos para as câmaras mortuárias dos faraós.

O velho Noronha tomou fôlego:

Os marinhciros podcriam ter um destino diferente dos outros cem companheiros que sucumbiram quase imediatamente após as três explosões havidas a bordo e que inundaram o interior do submarino. Os estrondos foram detectados imediatamente por estações sismográficas ao redor do globo terrestre e por navios de diversas nacionalidades. Tempo e tecnologia para o socorro haviam de ter. Para isto dispõem os exércitos de comandos especiais de rápido deslocamento aéreo e marítimo. O Kremlin fez ouvidos moucos ao oferecimento de ajuda estrangeira, temendo pelo apossamento de segredos militares – informou o criterioso historiador militar.

Meu amigo deu-me um tapinha no ombro e concluiu sua narração:

– A tragédia do "Kursk", Pirralho, foi um evento tardio da Guerra Fria.

Fiz questão de contar as passadas, do calçadão do Aterro ao nosso prédio, e o fiz em silêncio, para o velho Noronha não pensar que eu o estava confrontando. Noronha podia estar errado. Dois passos equivalem a um metro, eu arredondei a conta. Contei até 230 e parei no canteiro central da pista em frente ao nosso prédio. É a distância horizontal da mísera profundidade sob a qual a avançada civilização tecnológica deixou perecer os 23 marinheiros russos, de modo covarde, vinte anos atrás.

Estaquei, perplexo, diante do nosso prédio. Noronha entrou, eu tinha planos para ir à lotérica da rua do Catete. Mas não valia a pena caminhar mais. Eu não salvaria nem a mim no meu submarino particular.

Vou contar mais essa tragédia para a Helô, pois ela me pareceu muito atenta à narração do choque dos aviões.

Ou não conto? Uma jovem tão linda não deve ficar ouvindo essas tragédias da boca de quem está absorto na vida ociosa da pandemia.

Helô reapareceu no Aterro. Ao vê-la de longe, meu coração palpita como o de um estudante no primeiro baile em que irá tirar a sua eleita para dançar. É o fascínio das grandes ocasiões. O diabo é que ela nem sabe disso.

Cobrei-lhe a caipirosca; ela respondeu que andou viajando a trabalho. Trabalha no mercado financeiro e de seguros. Ora, veja! Ela é hoje o que fui anos atrás. Com mais conhecimento e charme.

Para minha surpresa, ela abordou o caso do choque dos dois aviões que lhe contei há dias. Disse que o interesse sobre o assunto se deve ao fato de o irmão mais velho, Bert, ser piloto da Swiss International Airlines, antiga Swissair; mora em Basileia.

Contou ter pesquisado na internet para ver como foi a colisão dos aviões sobre a baía.

– Eu não minto – disse-lhe.

– Desculpe, não quis dizer isso.

– O problema do mundo hoje são as palavras.

– Ou como as entendemos. Sabe, li que os peritos brasileiros e americanos divergiram sobre a causa ou causas do desastre. Mas no fundo, no fundo, a conclusão era a mesma:

palavras mal-entendidas ou mal-empregadas geram decisões erradas.

— Fraseologia aeronáutica? — perguntei.

— Pode ter originado o erro fatal. O controle de terra pediu ao piloto americano que avisasse quando estivesse sobre a Ilha Rasa, para ser autorizado a iniciar a descida para o Galeão. Mas o piloto deu essa posição antes de sobrevoá-la e começou a descer fora do ponto. Daí trombou com o avião brasileiro que fazia a curva para o pouso no Santos Dumont.

— Mentiu, para apressar o pouso — palpitei.

— Não se sabe. Talvez tenha entendido errado a fraseologia. Ou falhado na percepção da Ilha Rasa — acrescentou minha amada secreta.

Na esquina da Machado de Assis, ao dar-lhe um cordial "até amanhã, amiga", Helô informou:

— Na minha pesquisa, achei mais quatro acidentes de avião aqui pertinho de nós. Caíram no mar ao pousar. Um deles, um Samurai da Vasp que ia para Belo Horizonte, ao decolar do Santos Dumont teve uma pane de motor e o piloto não conseguiu freá-lo a tempo. Foi parar nas águas calmas da cabeceira da pista. Mesmo assim, cinco passageiros morreram afogados.

Desse desastre eu me lembrava, foi em setembro de 1973; os moradores dos prédios do Flamengo olhavam das janelas e varandas o leme do avião submerso. O então Vice-Almirante Noronha meteu seu calção de banho e correu para ajudar nos primeiros socorros. Cidadão prestante, sempre!

Mas eu não quis desdobrar assunto tão fúnebre; elogiei a ação do meu vizinho e parti para o cortejo:

– Nunca, Helô, vou avançar na minha posição, nem para trombar com você nem para dar com os burros n'água... Aguardo serenamente, na minha Ilha Rasa, a sua comunicação, para pousarmos na caipirosca. Qual o seu bar preferido?

Helô sorriu, deixou no ar a minha pergunta, preferiu introduzir na conversa uma visão arguta sobre os dois desastres aéreos e a qualidade das minhas lembranças.

– Curioso, Toninho, é você não ter recordações vívidas de uma tragédia enorme que foi o choque dos dois aviões e tê-las do outro acidente, de pouca monta se comparado com o primeiro.

– Nunca havia pensado nisso. Você me surpreende com essa abordagem psicanalítica.

Minha amiga então respondeu que não tinha essa pretensão, era apenas curiosidade. E opinou que o motivo de tais distintas lembranças não ser a distância no tempo, senão a ausência de imagens do primeiro acidente nas minhas retinas. De fato, só fui tomar conhecimento da tragédia durante a aula no colégio, e nem vi vestígios do acidente da minha janela quase defronte ao fato; ao passo que o acidente de pouca monta, esse eu o retinha pela força da imagem do leme do Samurai que afundou.

Helô concluiu sua percepção:

– Olha só que coisa terrível: nós ouvimos todos os dias o locutor anunciar o placar das vítimas da Covid na televisão, mas guardamos na nossa retina muito mais o Bolsonaro dizer que quem for vacinado pode virar jacaré. A imagem da cretinice genocida do presidente é tão forte que se sobrepõe à tragédia humana do número de mortos.

Helô é sagaz.

VITÓRIO MAGNO assinou o ponto aqui em casa. Avisou de última hora, quando seu automóvel de Batman já estava no Russel. Trouxe-me duas garrafas de vinho português, caríssimo, conferi na internet. Trancamo-nos na biblioteca, pois pressenti que ele queria me segregar algo incomum. Ele tem a língua destravada; a Mana desaprova palavrões e obscenidades gratuitas, só acolhe as de fundo literário e as anedotas picantes do velho Noronha e de sua esposa Lucy. Ainda mais se ouvi-las da boca do Vitório! Ela lhe devota certa antipatia por causa de sua desenvoltura desabrida com as mulheres no tempo em que era casado. Mana tem antipatia de "velho casado assanhado".

Vitório foi direto ao tema:

– Como é que você tem lidado com sexo na pandemia?

– Não tenho.

– Como não tem?

– Não tenho, pô.

– E aquela médica, sua namorada de São Paulo?

– Não nos falamos mais. Mixou.

– E fica aí, feito um monge?

– Monsenhor Brochado da Rocha.

Consegui arrancar uma gargalhada do Vitório:

– Brochado da Rocha! Desencavou uma antiga, hein? Um amigo de meu pai serviu no gabinete do Brochado quando ele foi primeiro-ministro do João Goulart.

– Eu morria de rir do nome dele. Brochado! Não podia dar certo na política.

Vitório mudou de assunto:

– Olha, tenho um segredo para lhe contar.

E o debulhou, sem meias palavras, pois Vitório verbaliza-as por inteiro, com todos os esses e erres desses narradores dos filmetes pornográficos do Tik Tok no WhatsApp. Mas não as transcreverei. Gostaria de possuir o tino genial de uma Cassandra Rios ao desnudar a gramática sexual sem intimidar o leitor. Como falha-me esse dom, escreverei burocraticamente.

O caso é que Vitório ficou de posse de um apartamento de quatro quartos no Leme, comprado há uns vinte anos pelo falecido doutor Francisco José, o banqueiro que foi patrão do também falecido Carlinhos Balzac. Era o ninho dos amores de outono-inverno do galã Francisco José – rico mais generoso está por nascer, eis o resumo de sua biografia. Quando abriram o seu inventário, descobriram que o banqueiro passara a propriedade do imóvel para o nome de

Carlinhos. Patrão e empregado eram unha e carne, diziam até que pai e filho. Outros diziam que era pai também de Vitório Magno! As *fake news*, naquela época, transitavam só no boca a boca. Coincidências há: as mães engravidaram na temporada em que passaram as férias de verão de 1947 na imensidão florestal da casa de campo do avô de Francisco, em Petrópolis; e deram à luz no mesmo dia! O próprio Carlinhos Balzac, que era um perfeito iconoclasta, deixou em suas memórias o registro dessas coincidências, com palavreado sibilino. Eu me calo, pois, num dia em que comentei ter ouvido essas coisas saídas da boca do presidente do Sindicato dos Bancos, meu velho pai me admoestou severamente e pediu-me que jamais repetisse "tal injúria contra as senhoras genitoras de Carlinhos e de Vitório". Obedeço.

Carlinhos, tendo se casado só aos quarenta anos, servia de biombo para as aventuras amorosas do patrão milionário. Como Vitório é o inventariante dos bens de Carlinhos, seu antigo sócio no Educandário Robespierre, está fazendo do apartamento do Leme o mesmo uso que dele fazia o saudoso banqueiro Francisco José, o maior namorador do Rio de Janeiro nas últimas décadas. E como a besta quadrada do Vitório se encontra endinheirado, e diante do perigo da pandemia, ele sofisticou a prática. Escolheu três mulheres do álbum de um proxeneta do Leblon e as instalou no apartamento. Conseguiu vaciná-las contra a Covid, sabe o capeta por quais meios – juro por Deus que lhe pedi que não me contasse o segredo por inteiro, pois eu me tornaria cúmplice. Vitório perguntou a cada uma das moças quanto elas ganhavam por mês; ofereceu-lhes igual montante, acrescido de dez por cento, mais assistência médica, alimentação e roupa lavada. Enviou-as à ginecologista e submeteu-as a exames de doenças transmissíveis. Aprovadas, elas agora só podem ter um parceiro: Vitório Magno. Confiscou-lhes os celulares e deu-lhes novos aparelhos, com bloqueio para as plataformas de fotos, SMS, WhatsApp e demais redes sociais. Alertou-as de que os celulares estão grampeados. Ele riu ao contar isso, porque, esclareceu, é mentirinha, só para infundir nelas o temor de aventuras incompatíveis com o quadro sanitário nacional. Uma é mulata, outra morena e a terceira loura. Se elas quiserem, podem namorar-se, o que não podem é fazer isso com mais ninguém. O contrato verbal tem a validade de quatro meses. Ponto final.

Guy de Maupassant, se ouvisse o relato de Vitório, poderia dizer que o devasso jornalista Georges Duroy não ousaria tanto nas suas relações com as jovens senhoras Walter, Forestier e de Marelle, o trio que, em dias alternados, enfeitava a cama do personagem do delicioso romance *Bel-Ami*.

Já eu abri um sorriso de criança diante de confeitaria, e foi a senha para o Vitório fazer o mesmo e oferecer-me:

– Se quiser, dou-lhe a loura! – falou, arregalando os olhos e esticando mais os seus beiços proeminentes, como a enfatizar o oferecimento.

– Você está igual ao Coringa do Batman! – eu lhe disse.

Vitório não se importou com o deboche; desfolhou o álbum e o deixou aberto em meu colo.

As três escolhidas por ele realmente são muito bonitas.

– E por que a loura para mim?

– Incompatibilidade de gênios. Patricinha, exige namoros.

– Como assim?

– Prolegômenos demasiados. Obriga-me a ver filme da Netflix, faz pipoca no forninho...

Relevei a ausência de romantismo do amigo. Preferi opinar com sinceridade:

– É uma tentação, uma tentação, as três.

Vitório prosseguiu:

– Tenho lá uma adega fornida. Nossos almoços e jantares vêm de restaurantes do Leme.

– Maravilha, Vitório! Mas...

– Ah, quer ficar com a *Chocolate*, né? Essa não pode, é só minha.

– É a mais bonita. Mas, ...

– Mas o quê, cara?

– Você não receia o contato assim tão próximo?

– Qual contato! Não precisa beijar para fazer sexo. Nem se aproximar demais do rosto.

– É mesmo? – fiz-me de sonso, para espicaçá-lo a desvendar mais um pouco o segredo do serralho do Leme. E ele então falou, imitando nossos jogos juvenis:

– Agora é a minha vez de citar Alexandre Dumas: n'*A dama das camélias*, o Armand Duval não contraiu tuberculose ao transar com a moribunda Margarida Gautier.

— Foi mesmo? — fiz-me novamente de bobo.

Vitório enfatizou a sua lubricidade:

— Se quiser mais inspiração, levei para o Leme uma edição oxfordiana do *Kama Sutra*, com as 529 posições em belíssimas e pedagógicas lâminas coloridas. Edição do fim do século XIX, comprei num sebo de Londres.

— Puxa, Vitório! — exclamei, desfolhando, pela terceira vez, o álbum. — Mas...

— Já vem você com o *mas*!

Repeti:

— Estou no modo Brochado da Rocha.

— Besteira! — proclamou, arrancando-me das mãos o delicioso álbum. E decretou: — Ó: se decidir ficar com a loura, é só me falar. A *Chocolate* não pode, nem a morena.

— Fala baixo, Vitório! Dona Elvirinha está ali no corredor, pode escutar.

Dona Elvirinha passava um pano com álcool no vidro das minhas gravuras de paisagens romanas dispostas no corredor dos quartos.

Quando Vitório, enfim, procurou o rumo de casa, e percorríamos o corredor, dona Elvirinha continuava diante da fortaleza de Santo Ângelo e me disse:

— A Mana contou que um papa de antigamente se escondeu aqui de medo de uma pandemia.

— É verdade.

— Ave-Maria!

A besta quadrada do Vitório gritou lá da sala:

– Mas o papa levou a amante também para o castelo!

– Cruz-credo, doutor Vitório! – censurou Elvirinha.

Quando o infame saiu, corri ao Google e voltei ao corredor:

– É mentira do Vitório, dona Elvirinha. O papa Gregório I era um bom homem de Deus. De fato, ele se refugiou no castelo, que na época era o túmulo do imperador Adriano. E lá Santo Ângelo apareceu-lhe e anunciou o fim da peste negra em Roma.

– Amém, seu Toninho, amém. Vou rezar para esse papa Gregório ajudar o Brasil.

– São Gregório, dona Elvirinha, São Gregório!

Muitos dias sem deitar nada no diário. Nenhuma vontade de escrever, só tédio, ansiedade. Preciso ir a São Paulo para raspar o que ficou para trás de tantos anos passados no Morumbi, mas com medo de pegar avião, mais de uma hora respirando ar de Covid. E com problemas a resolver aqui dentro de casa: anos a fio sem usar o apartamento, praticamente fechado durante esses anos, pois só o frequentava duas vezes ao mês. Tenho de tratar da repintura do salão, mudar fechaduras, ornamentar o quarto de dona Elvirinha; enfim, um espetáculo de aborrecimentos caseiros que a Mana, sabida, deixa "para o homem da casa" resolver. E ela, só gozando dos livros.

Na caminhada de hoje, contei para Helô que li, de março para cá, apenas as *Cartas persas*. Tem muitas vozes narrativas: príncipes, assessores, eunucos aos montes, mulheres do harém. Ao ler Montesquieu, está longe de mim o objetivo de apoiar críticas às instituições; o que pretendo é despistar o enfado da pandemia.

A propósito, lembrei à minha amiga secreta o caso de dois amigos, que vocês já conhecem deste diário: a besta quadrada do Vitório Magno e o Carlinhos Balzac. O Carlinhos não contou a história em seu livro póstumo, certamente porque o diminuiria intelectualmente, ele que vivera a vida com o apelido do gênio do romance francês.

– Conte-me, estou curiosa – disse Helô no monumento a Carmem Miranda.

– Os dois alunos inteligentes, porém mandriões, eram estimulados pela congregação do colégio de Campos a visitar sempre a biblioteca. Leitura forma o verdadeiro cidadão, ensinou-lhes o padre. Certo dia, entraram num bar para comprar um Kibon, e avistaram numa mesa, a beber Rum Merino com Coca-Cola, o Penafiel, poeta, tio do Vitório. Tinha nas mãos as *Cartas persas*. O poeta elogiou a obra, deitou falação sobre o harém do príncipe e a eleita dele, Roxane. Na calçada, a besta do Vitório falou para Carlinhos: "Harém? Deve ser livro de sacanagem da grossa! Meu tio só pensa nisso. Essa tal Roxane, pelo nome, deve ser uma devassa, como aquela loura, a Mexerica, do *rendez vous* da Madame Dadá".

Do bar à Biblioteca Municipal, foi um pulo. Mas a avidez na leitura nunca chegava à página em que desnudariam a devassidão de Roxane. "Esse cara" – disse Carlinhos, referindo-se a Montesquieu – "nunca chega ao ponto".

Helô riu da cretinice dos dois estudantes. Concluí:

– Padre Norberto os viu com o livro na sala de aula. Cumprimentou-os pela boa escolha de leitura. Mas esperava uma resposta mais profunda do que um "obrigado". E então flagrou um riso de desenho animado na face do Carlinhos. O riso descortinou ao padre a devassidão de seus pupilos. Silenciou, deixou a sala (era no encerramento da aula) e, na porta, voltou-se para os dois e lançou-lhes um olhar de fuzilamento.

Fiz uma pausa e enunciei a moral da história:

– Viu, Helô, como é bom ser iletrado? Afasta-nos de abismos.

– Estou rindo, mas discordo do seu enunciado – disse essa moça linda, culta, minha amada secreta Helô.

Mais uma vitória sobre a pandemia!

HOJE CAMINHEI SEM HELÔ. Uma tristeza. Nem a belíssima visão do Pão de Açúcar acaricia a melancolia pedestre. Aí tocou o celular:

– Bom dia, escritor!

Era a besta quadrada do Vitório Magno. Deu-se agora ao recreio de chamar-me escritor.

– Fala, doutor Guilhotin! – respondi.

— Alô! A ligação está ruim.

— Estou caminhando no Aterro.

— Então pare um pouco para ouvir.

— Parei, diga lá.

— Descobri que o Felipe era dedo-duro.

— O quê? Que Felipe?

— Ora, o Felipe, da faculdade.

— O Felipe? Já morreu há oito anos!

— Pois é. Mas era dedo-duro, de 1969 a setenta e poucos.

— Que é isso? Trabalhava na construção civil!

— Mas quando estava na faculdade, dedurou muitos colegas.

— Quem te falou isso, cara?

— Vi na digitalização dos arquivos antigos do DOPS.

— Que história é essa?

— As fichas do DOPS estão disponíveis no Arquivo Nacional.

— O Felipe? Nosso amigo, cara! O Felipe da PUC?

— Ele mesmo.

— Felipe morreu do coração, Vitório. Na saída do consultório médico, em Copacabana. Fui ao enterro dele.

— Estou lhe dizendo: o Felipe era informante, dedurava os colegas.

— Mas como você sabe?

— Está lá, nos arquivos digitalizados.

– Não pode ser. Um cara amigo, gente boa, fui à casa dele na Lagoa muitas vezes.

– Pois é. Fomos, né? Ele tinha uma irmã maravilhosa, lembra?

Eu resisti:

– Não acredito. O Felipe?

– Pois é. Rolava lá uma história, não lembra? De um tal Comando Delta, do Cenimar, que infiltrava seus informantes no meio universitário.

– Pô, Vitório, não lembro de nada disso. Comando Delta?

– Pois então vou lhe enviar o *print* que tirei da página do DOPS. Dedo-duro, o Felipe.

Já passava dos limites aquela conversa aborrecida. Lamentei:

– De manhã cedo, dia ensolarado, e você me vem com esse passado duvidoso...

– Não queria desagradar o Sol, mas é o que lhe reafirmo: o Felipe era informante do Cenimar.

– Não acredito.

– Como dizia Fustel de Coulanges, "História é documento".

– Putz!

– Eu já suspeitava desde aquela época – acrescentou Vitório.

– E por que nunca me disse?

– Vocês eram tão amigos...

– Tchau, Vitório. Vou voltar para casa.

– O pessoal aí está caminhando de máscara?

– Sei lá! Que história mais maluca essa do Felipe!

– Está ventando muito aí no Flamengo? Aqui no Leblon está um gelo.

Desliguei. Remoí a memória, lembrei que o Felipe tinha um tio mineiro que, dizia-se na PUC, era amigo do Dan Mitrione, um agente da CIA que assessorou o DOPS na repressão dos anos 60 e acabou morto pelos terroristas tupamaros, em Montevidéu, para onde fora enviado depois de servir em Belo Horizonte.

Não vale a pena tocar nesse assunto do Felipe com o velho Noronha, já de pijama há anos. Por que o faria? Assunto morto, personagem morto, coisa para livro de História do Brasil ou tema dos tais repórteres investigativos. Nem vou comentar aqui em casa com a Mana, que gostava muito do Felipe e se dava bem com a mulher dele, a coitada da Marília. E também porque a conversa poderia derivar para a atualidade, enfarruscada de perigos do mesmo teor político-policial institucionalizado pelo maluco que nos governa. E a Mana não acha graça nessa conversa, pois votou no homem, já percebeu que entrou numa fria, mas, envergonhada, evita o tema. Sofre solitariamente.

Mas a besta quadrada do Vitório gosta de estragar o dia de um amigo!

Escreveu o conselheiro Ayres em seu memorial, página 48 da minha edição da Garnier de 1923: "A distração faz das suas. Hoje, vindo da cidade para casa, passei por esta, e dei comigo no largo do Machado, quando o bonde parou".

A minha distração deu-se bem antes do largo do Machado; foi na Glória, na minha primeira saída para o mundo exterior fora do Aterro. Tomei coragem e fui ao Centro para ver um assunto bancário. Interessado numa mensagem recebida no celular, esqueci-me de dizer ao taxista que, na bifurcação, pegasse a pista de fora, a da praia do Flamengo.

Uma distração pode-se aproveitar, como se deu com o Conselheiro Ayres, que acabou feliz porque avistou duas mulheres do seu bem-querer, a jovem viúva Fidélia e dona Carmo, sua protetora, mãe postiça.

Apeei do táxi defronte à lotérica da rua do Catete; o restante do percurso até minha casa, faria a pé. Pensava mesmo em marcar o jogo da Mega Sena acumulada. Foi o meu proveito da distração. Ao sair da lojinha, já na calçada, um senhor que admirava o boleto do seu jogo, disse-me através de sua máscara meio suja:

– Aqui ninguém ganha nada.

– Como disse?

Quando ele levou a mão ao rosto para abaixar a máscara e dizer mais claramente o que não entendi, eu já recuei um metro.

– Doutor, meu doutor! Ouça-me! Aqui tem mau-olhado – e apontou para a lotérica.

Senti o bafo de uns tragos. Assumi a rédea da conversa:

– Que é isso, amigo? As atendentes são simpáticas e bonitas. A morena do terceiro guichê é uma uva. Ponha a máscara, por favor.

Empresto o meu ouvido a qualquer conselho, apesar da advertência do adágio, velho como o mundo: se conselho fosse bom, abrir-se-iam farmácias e relojoarias ao lado de lojas de vendas de conselhos de prudência. Ouço-os por educação. O bêbado não era um tipo perigoso, tinha boa fisionomia, trajava corretamente, com simplicidade. Estiquei o ouvido e perguntei:

– Por que não vou ganhar na Mega jogando aqui?

– As atendentes são bruxas. O senhor nunca vai acertar os números – disse ele com a voz engrolada e abafada pela máscara.

Achei graça.

O homem atirou ao chão, amassadas, as cartelas do jogo que acabara de conferir, e seguiu adiante, bamboleando de seus tragos. Tenho a impressão de conhecê-lo do guichê do Detran.

Tomei o rumo de casa, inebriado dos pensamentos de Helô.

Dizem os biógrafos de Machado de Assis que o *Memorial de Ayres* tem muita carga autobiográfica, dos últimos anos de vida do escritor. Ele, já viúvo, deu mais uma vida ao viúvo Ayres, que aparecera em *Esaú e Jacó*; dona Carmo seria a encarnação de sua saudosa Carolina. Deu-se comigo, ali na rua do Catete, uma cena semelhante à narrada no romance com as duas amigas de Ayres, ocorrida na Glória: no meu caminho, avistei de longe, descendo de um automóvel preto europeu, minha amiga do Aterro, a Helô. Não estava de braço dado com a mulher que a acompanhava, como Fidélia e dona Carmo foram vistas pelo Conselheiro Ayres. Mas, de fato, Helô e sua acompanhante pareciam amigas, pois riam, paradas na calçada, diante de um hotel.

Diminuí as passadas, para melhor apreciar Helô. Sem querer perturbá-la na sua conversa animada com a outra, ocultei-me rente a uma árvore magricela, de modo a observar de esguelha a cena. As duas mulheres portavam bolsas a tiracolo e aquelas pastas pretas para *laptops*. Advogados e consultores financeiros não se separam de seus *laptops*.

Riam a valer na calçada do hotel.

E eu, atrás da árvore magrinha, espionando, como se fosse um Tintim setentão. Agora, ao deitar no computador essa visão, rio-me da bizarrice.

É o amor, compadre.

VEJO POUCO TELEVISÃO. Repetem em demasia as notícias. Vitório segue com atenção as novidades da CPI da Pandemia, já que nem vai mais ao colégio do qual se apossou. Toca-o de ouvido. Hoje ele atropelou a minha caminhada matinal com um telefonema para contar, entre outras bobagens, que na sessão de ontem da CPI "apareceu de raspão" na TV Senado a doutora Aglaé. Já me esquecera dela. É uma advogada que tinha (ou tem) escritório no mesmo andar do antigo escritório de advocacia do Vitório e também do editor Fran Gonçalves, na Erasmo Braga. Atua no Cível e no Crime, ou pelo menos assim indicava a placa na porta. Balzaquiana vistosa, loura de cabelos ondulados. Até que valia uma reza, anos atrás; hoje não sei mais, a perdi de vista e de *derrière*. O Vitório, sempre maledicente, dizia que a doutora jogava nas duas posições. Num almoço no Mosteiro, apontou com o queixo aquela que, dizia ele, era namorada de Aglaé; outra vez, vi a advogada de chamego com um magistrado maduro, no belo restaurante da Praça Mauá aparecido após a remodelação do lugar. Conheço o juiz de vista e de calva, atua na Fazenda Pública.

– E daí, Vitório? Que tem a doutora Aglaé?

– Deve estar metida na fuzarca da tentativa de venda superfaturada de vacina.

O Vitório só me dá notícia negativa. É um desmancha-prazeres. Que tenho eu com isso?

Desliguei o telefone e perguntei ao Fran, a caminho do Morro da Viúva, se ele se lembrava dessa Aglaé, sua vizinha de andar no edifício da Erasmo Braga.

– Conheci a Aglaé, sim! De elevador...– respondeu Fran. – Mas meu gerente, o Celinho, a conheceu biblicamente.

– Ora, viva! E ela vale uma reza?

– Tem mais de dez anos isso. Era uma mulherona. O Vitório apresentou-a ao Celinho no Esch Café do Centro.

Aglaé aprecia charuto. O Celinho deu de cima, fumaram e beberam conhaque duas vezes. Na terceira investida, deu certo. "Rapaz, que mulher fogosa!", comentou o Célio. Depois, ela nem atendeu mais os telefonemas dele...

Fiquei com inveja do Célio (nem o conheço) e interrompi a narração do Fran:

– Ih! Olha só quem está aí à frente!

– Quem? Onde?

– Ali, cara! Helô.

– Pedaço de mulher! – ousou o Fran, não muito afeito a essas considerações da cafajestice sexista.

Contei-lhe:

– Anteontem a vi à tarde. Foi na calçada daquele hotel envidraçado do Catete, na companhia de uma mulher que parecia íntima dela.

Fran, sempre exato ao analisar a vida alheia, esclareceu, antes que me saísse da mente ociosa uma besteira qualquer:

– O hotel tem salas para seminários e encontros comerciais.

DE VOLTA DA CAMINHADA, encontrei o Almirante Noronha na farmácia. É o mais simpático morador do prédio. Com quase dois metros de altura, esguio como bailarino aos 89 anos. O único senão é a surdez.

– Bom dia, Grande Corsário!

– Hein?

– Ficou surdo de tanto barulho de canhão no "Tamandaré"?

– Oh, é você, Pirralho! Como vai?

– Aí, na vida.

– O "Tamandaré" queria dar tiro em 55, a favor dos sacripantas que desejavam impedir a posse do Juscelino (ele fala *Juscilino*).

– Mesmo assim, um valente cruzador! – elogiei, para animar o Corsário.

– O quê?

– Uma valente belonave!

– Ah, isso era mesmo. Eu era guarda-marinha, e da sacada aí de cima vi o cruzador saindo da barra. O meu pai dizia: "Lá vão os doudos!".

– O Vitório também só diz doudo em homenagem a Machado de Assis.

– Mas no caso, não era romance, Pirralho. Os doudos queriam guerra.

– Eu me lembro do dia. Foi nas vésperas das férias, o colégio suspendeu as aulas com medo de bombardeio na cidade.

– 11 de novembro de 1955. Você era um pirralho safado, como é até hoje.

O velho Noronha é o morador mais antigo do nosso velho prédio. Quando Noronha tinha trinta, estava eu com a metade, e tínhamos conversas de adultos sobre o elemento feminino. Eu contemplava com admiração aquela farda branca linda da Marinha. Ele já me chamava de Pirralho, mas não havia deboche, era apelido amoroso. Quando eu estava na PUC e vinham estudar comigo o Vitório, de Niterói, e o Carlinhos Balzac, de Botafogo, o Noronha tinha sempre um conselho de prudência:

– Façam tudo, mas nunca durmam com mulheres mais doidas do que vocês, ok?

O Almirante está como o nosso prédio: idoso, mas muito bem conservado. Não à toa ele é o síndico há anos.

Enquanto o velho Noronha pagava ao caixa da farmácia, me veio uma inesperada coragem de marinheiro da Guerra do Paraguai (ele fica fulo da vida quando uso essa expressão) e decidi bisbilhotar:

– Almirante, o senhor se lembra de algum Comando Delta?

– Hein? Ah, Pirralho! Essa variante Delta é um perigo! Viu ontem na televisão? Querem produzir uma vacina só para a variante Delta.

Deixamos a farmácia e caminhamos lado a lado, ele à minha direita.

Eu tinha de ajeitar a situação, de modo a não ressaltar o flagrante de surdez. Idosos não gostam de ser flagrados em déficits de saúde. Eu nunca reclamo de dores na planta dos pés nem com o Fran. Atrasei o passo e mudei de lado, ficando o Almirante à minha esquerda. Aí pude emendar a conversa, chegando perto de seu ouvido bom, o direito, e sem retirar a máscara, escandi bem as palavras:

– Por falar em variante Delta, o senhor já ouviu falar da existência, no passado, de um tal Comando Delta?

– Comando Delta?

– É. Atuava na repressão de 1968.

– O quê? Comando Delta? Não, nunca ouvi falar.

Ele estacou e eu fiz o mesmo, atendendo a voz de comando.

– Ô Pirralho: essas coisas de repressão ficavam por conta do Cenimar, em conjunto com o Exército e a Aeronáutica, eventualmente com a polícia da Guanabara.

– Sei... Mas Comando Delta, nunca ouviu falar?

– Nunca. Que tem isso? Está escrevendo besteira, não é?

– Um amigo me falou que tinha um Comando Delta.

– Manda esse seu amigo lamber sabão!

Já na portaria do nosso edifício:

– Ô Pirralho! Vai pegar suas vadiazinhas aí na praia, vai! Cuidado, hein? A Covid está comendo de esmola por aí. Cuidado com as vadias.

Desceu o degrau para completar:

– Aliás, hoje, vi uma que vou te contar! Estava na barraca do Gilson. Um *derrière* enorme. Maior que o rabo de cavalo.

– Rabo de cavalo?

Pedi-lhe uma descrição mais apurada do avistamento. Só podia ser a Helô. Já fiquei enciumado.

O velho Noronha aprecia esse tipo de conversa, mas convinha parar por aí, seguindo o conselho de Machado de Assis de não contar tudo. Nem pude defender a honra de Helô.

Despedi-me.

– Cuide-se, Corsário! Adeus! Vou dar uma chegada na lotérica.

– Adeus, Pirralho! Hum-hum, Comando Delta o quê! – e deu um soco no ar.

Ia entrar na portaria e parou de novo; retirou o boné azul que lhe esconde a vistosa cabeleira cor de leite e, vendo-me ainda na calçada, fez o percurso de volta, para dizer-me:

– Olha, o seu pai era um homem sério, mas o seu tio Netto sentia de longe o vento das vadias. Ainda bem que não fizemos a guerra contra a Argentina, porque o Netto ia abandonar o castelo de proa para ir a barlavento das mulatas e loiras. Quem sai aos seus, não degenera!

Deu uma risada larga, mostrando seus belos dentes alvos.

Uma figura, o velho Noronha!

NÃO FUI CAMINHAR NESTE DOMINGO. Entendi ser prudente evitar encontros com Helô até o ansiado dia da caipirosca. Vou andar em horário diferente. Ela pode achar um defeito em mim, posso falar algo que a desagrade, ela pode cancelar a caipirosca no Belmonte.

Fiquei de bico calado com o Fran, não posso compartilhar com um grande amigo o meu segredo. Ele esteve aqui em casa, no intuito de me levar para a caminhada e trazer a autobiografia do Nixon e duas biografias do Stálin. Não convém a um homem que ama ler essas cousas. Os livros eram destinados a Mana. Fran saiu de muxoxo, não entendeu a minha escapada da rotina diária. Despistei:

– Tenho de escrever um *e-mail* para o sujeito que me deve lá em São Paulo; preciso de concentração, porque quero ser impiedoso como Stálin ao decretar o fuzilamento de um camarada de partido.

Sei que não o convenci, porque de longe me lançou um olhar de fuzilamento.

À tarde, recebi WhatsApp de Vitório, com a sugestão de sintonizar a TV Senado, que exibia um apanhado das atividades da semana e ele flagrara a doutora Aglaé no plenário da CPI da Pandemia. Não lhe satisfiz a vontade, mas, com a pulga atrás da orelha, pensando em Helô, chamei-o ao telefone uma hora depois:

– Aglaé estava ao lado de qual depoente?

– Não se sentava à mesa diretora, encontrava-se no fundo do plenário, e de lá assistia à sessão. Num plano geral da câmera, a identifiquei.

– Ora, então como você sabe que ela defende algum depoente?

– Só pode ser, né? Por que razão estaria ali?

– O Senado – lembrei – admite a entrada de alguns do povo, sobretudo se for advogado. Aglaé pode ter credencial de alguma instituição, por exemplo, a Associação da Indústria Farmacêutica. O credenciado faz o acompanhamento de assunto de interesse da corporação. Já esqueceu? Você mesmo e o Carlinhos Balzac tiveram acesso à CPI dos Precatórios e não advogavam para qualquer acusado. Isto é: oficialmente, não...

– Você é ingênuo, escritor!

Mudei de assunto para não me aborrecer.

– E o colégio? Já fez a alteração do nome?

– Está em suspenso. Uma besta do Ministério Público Federal que atua no MEC oficiou contra. Disse que dar-se ao colégio a denominação de Marat-Danton é apologia ao terrorismo, acredita nisso?

– Acredito. E está certíssimo. Afinal, constituíam o Terror.

– Para com esse antibolsonarismo, escritor! Por enquanto, continua Colégio Robespierre.

– Dê-se por satisfeito: esse também foi passado na guilhotina.

– É o que o nosso presidente deveria fazer com os ministros do Supremo.

– Tchau, Vitório. Recomendações a Carol.

O amigo me surpreendeu com a resposta:

– Mandei-a embora.

– O quê?!

– Estava muito metida a besta na gerência de conteúdo do colégio.

Carol foi a última namorada secreta de Carlinhos Balzac, em 2020. Um deslumbramento de morena, nos seus dezessete anos na época. Inteligente, estudiosa e surfista das pernas grossas. Filha da cozinheira da mansão de Carlinhos no Jardim Botânico. Tirou-a do Vidigal, garantiu-lhe os estudos e empregou-a no Robespierre. Quando Carlinhos morreu, Vitório assumiu o colégio e o amparo a Carol. Eles se gostavam.

– Mas vocês não moram juntos? – perguntei.

– Nunca moramos juntos. Demitia-a também das funções de primeira-dama. Ela ficou com o apê que adquiri no Vidigal. Merece. Pago-lhe a faculdade de Comunicação, estou vendo uma colocação para ela num colégio da Tijuca.

– Bem, pelo menos não deixou a moça ao relento. Mas você anda raivoso, hein?

– Raivoso e novamente solteiro, como convém aos homens sábios que já atingiram a casa dos setenta. Por isso montei o apartamento do Leme.

– Vá ler o *Bel-Ami*, vá!

– Tchau, querido amigo.

– Manda-me vinhos portugueses, milionário de uma figa!

Mais uma vitória sobre a pandemia!

Não caminhei hoje. Ou melhor, fingi que caminhei. Estacionei os meus olhos atentos na barraca do Gilson. Helô ia passar, tinha que passar.

Não passou.

Talvez tenha sido o tempo. O céu amanheceu enfarruscado sobre a baía, as nuvens encobrindo parcialmente o Pão de Açúcar. No Leblon choveu, me disse o estraga-prazeres do Vitório.

De regresso à casa, encontrei o velho Noronha na portaria. Ia ele realizar a sua visita diária à farmácia. Com um semblante tal e qual o estado da meteorologia, sem exibir sua costumeira expansão de alegria, chamou-me para fora, longe dos ouvidos e olhares atentos do porteiro Josias. E começou a conversa num tom baixo e com olhar severo:

– Olha, Pirralho. Aquele negócio de Comando Delta...

– Sim, Almirante. Que há?

– Conversei ontem com um antigo camarada da Marinha. Você tem razão; existiu, sim, um tal Comando Delta.

– Não me diga!

– Verdade. O que não bate são as datas. Você me disse que o Comando Delta atuava no meio universitário no final dos anos 60. Mas o meu informante disse que esses irresponsáveis foram descobertos no começo da década de 1980. E, parece, não pertenciam à Marinha, mas ao Exército, em cujas fileiras havia um grupo muito descontente com a anistia decretada pelo presidente João Figueiredo.

– Sei...

– O próprio SNI registrou a existência do Comando Delta em documentos secretos.

– É mesmo?

– Sim, e eram terroristas. Explodiram um relógio público no Humaitá e um ônibus da Petrobras na Ilha do Fundão, em janeiro de 1981.

– Rapaz!

– Foi isso. De modo que eu estava errado. Precisava repor a verdade. Se o Comando Delta nasceu no meio universitário e migrou para a ação armada, meu colega não soube dizer. É o que sei e câmbio final. Agora vou à farmácia comprar duas dúzias de camisas de vênus para a minha semana com as vadias.

E só então abriu o seu sorriso de dentes brancos, uma dentadura bonita de cantor de *jazz* negro.

O velho Noronha adora pilheriar com sexo, mas é um camisolão, ama dona Lucy, não é de recrear-se nessa área.

Um homem reto, o velho Noronha.

A MANA DEU PARA IMPLICAR COMIGO. Quão diferente da Rita, irmã do Conselheiro Ayres. Também pudera! Ayres residia no Catete, Rita na Tijuca, e mesmo na relação fraterna, os dois irmãos solteiros, que viviam solitariamente, se comunicavam por meio de cartas e se visitavam raramente. Mana e eu dividimos o mesmo teto, a mesma biblioteca, as mesmas comidas gordurosas. Só não dividimos o mesmo aparelho de TV. E aí reside a implicância. Ela vem ao escritório para fiscalizar o que ando fazendo no ócio da pandemia.

— Poxa, Toninho! Você não muda o disco? Assiste novamente a *Família Soprano*?

— Pela quinta vez, três em São Paulo e duas aqui. Qual é o problema?

— Pega num livro, irmão.

— Estou aprendendo a escrever com os roteiristas da série.

— Pega no Machado, que você aprende mais.

— Aprende-se também com os roteiristas de enredos policiais. São cenas curtas, falas curtas.

— Ainda se fosse Agatha Christie, Rubem Fonseca, Poe, Graham Greene, Cervantes...

— Cervantes?

— É, Cervantes. Pega lá as *Novelas exemplares*. São obras-primas do conto policial.

— Mana, vou ter que voltar o filme para ver o assassinato na pizzaria.

— É um desfile de detraquês de Nova Jersey.

— São nossos aparentados italianos.

— Nosso bisavô veio do Vêneto, gente educada, e não do sul da Itália, dos carcamanos da Máfia.

— Besteira, Mana. Vieram, sim, do norte; mas integravam um povinho tão miserável como os da Calábria e da Sicília.

— Vieram para escapar à sanha dos austríacos.

— Está bom, Mana. Deixa eu ver o assassinato na pizzaria.

— Pois está perdendo o "Rinconete y Cortadillo", das *Novelas exemplares*...

À noite, sob a luz do abajur de cabeceira, encontrei a edição antiga de Cervantes, belamente encadernada. Pertenceu ao nosso pai.

HELÔ CHEGOU SEM BICICLETA. Eu a aguardava na calçada do Belmonte. Nem preciso descrever a minha ansiedade. Desembarcou de um táxi, na esquina, e quando dei pelo inesperado, já havia aberto a porta do carro e punha seus pés calçados de salto alto na pedra portuguesa. Parecia ter vindo de um *spa*, passado por um salão de beleza e ido a uma loja de grife do Leblon. Deliciosamente elegante, usava uma máscara preta com bordados levemente púrpuros nas extremidades. Dito assim, a Mana acharia extravagante ou cafona. Mentira: a máscara combinava com o vestido, muito chique. E trata-se de uma máscara fabricada especialmente para médicas e enfermeiras, de uso social ou em consultórios particulares. Helô contou: uma empresa francesa de medicamentos, antenada para os problemas psicológicos do angustiante cotidiano das profissionais de Medicina, resolveu fabricá-las para edulcorar a vida dessas mulheres.

– Eu deveria ter vindo de terno e gravata – disse-lhe, ao cumprimentá-la com um toque de mão fechada na mãozinha delicada dela, também fechada, como se fôssemos desfechar um no outro um murro de felicidade.

Sobre a elegância, sua explicação me encheu de alegria: abreviou seu trabalho no Centro – uma reunião com a advogada Aglaé –, foi para casa mais cedo, teve "tempo e prazer" (disse-o) em dedicar-se à toalete. E pegou o táxi porque teve de passar, antes, na casa da amiga Aglaé para deixar um documento. Acrescentou:

– Tenho de me apresentar bem diante do cavalheiro que me socorreu num dia de choro e de quem espero tornar-me amiga.

– Já tem essa amizade, Helô, obrigado.

Surpreendido por aquela beleza e elegância, ponderei que deveríamos ir a um restaurante condizente com a sua toalete; era a obrigação de um cavalheiro. Sugeri pegarmos o mesmo táxi que ainda se encontrava parado e irmos para a Zona Sul, Ipanema, Leblon. No caminho, eu consultaria o Google para saber se o Satyricon estava aberto. Ou o Don Camilo, na Atlântica, onde ouviríamos ao vivo umas cançonetas italianas ou espanholas (tão ao meu gosto!). Ela vetou.

– Aqui vai bem.

Deduzi: cultura europeia de raiz calvinista, contrária ao excesso no consumo conspícuo. Não discuto com mulher, ainda mais mulher bonita e elegante. Ficamos no Belmonte.

Na verdade, gostaria de ter despejado no ouvido de Helô outras palavras de cordialidade, de amor, e não a resposta formal, telegráfica, que acabou brotando de meu espírito ainda atordoado pela visão da beleza que não apareceu de bicicleta, mas saiu de um táxi-abóbora. Não me refiro à cor, mas ao veículo da princesa do conto de fadas.

Não imitarei o falecido amigo Carlinhos Balzac, que gostava de descrever qualquer ação humana com detalhes de romances de seu amado escritor francês. O que pedimos para beber e comer, não direi; é futilidade. O ambiente de comedida alegria do restaurante, é outro desprezo. Só escreverei o que é preciso e foi dito a Helô à mesa:

– Sua conversa é viva, Helô. Estou diante de uma profissional que jamais conheci em minha vida no mercado financeiro do Rio. Nem na minha vida como segurador em São Paulo, onde as mulheres, desde os anos 80, são muito mais articuladas que os homens. E sobretudo, Helô, você é muito bonita.

– Obrigada, Toninho. Não exagere – disse ela sorrindo.

Excedi-me, de fato, na sinceridade. As mulheres desaprovam essas manifestações muito explícitas no primeiro encontro. Senti a falha, mas antes de ficar corado ou sem graça, fui salvo pelo garçom:

– Sua conta, doutor.

Emolduramos nossos rostos com as máscaras e deixamos o restaurante. Eram 22h40. Hora de uma profissional exemplar ir para a cama, na tranquilidade do lar que divide com a mãe; e também hora prudente de um setentão aposentado fumar um charuto na *bergère* da biblioteca e meditar sobre a felicidade.

Ah, ia me esquecendo: dei uma xeretada sobre aquela visão curiosa na calçada do hotel envidraçado do Catete. Bem, a mulher que estava com Helô é a tal advogada Aglaé. São parceiras de trabalho.

Aglaé também aderiu ao ciclismo ao luar, pois deseja manter enxuto o seu corpão de balzaquiana. De modo que as duas amigas pedalam juntas, do Flamengo ao Leblon.

EVITEI, NOVAMENTE, a trilha cotidiana do Aterro. Não desejo vulgarizar os encontros com Helô. As banalidades geram o fastio. Decidi, ousadamente, caminhar em direção à Lapa. Tomei as providências recomendadas pelo bom senso da Mana: não conversar com pessoas desmascaradas e esconder o celular na meia, para não exibir no bolso da bermuda o volume que atrai os assaltantes. Ganhei a Glória, examinando a beleza maculada da Praça Paris, até defronte ao Instituto Histórico, e aí infleti para os Arcos. Tem gente mais anosa (ou afetada, como o Vitório) que até hoje chama o Instituto pelo nome antigo de Silogeu, reminiscência da era machadiana. É um caminho cheio de tropeços, no terreno da face humana do Rio: a proletarização está a cada dia afetando mais a classe trabalhadora. Homens maltrapilhos, embora produtivos; mulheres atraentes que, por falta de dinheiro ou por desilusão na vida, não se importam mais em edulcorar o rosto e os cabelos e realçar sua anatomia convidativa ao olhar masculino. Vou cruzando com elas e pensando:

– Por baixo desses panos gastos de uso, há muita coisa deliciosa: carnes devolutas e mentes sadias, inteligências desprezadas.

Enfrentei um tropeço diferente, e foi na ilha de tráfego entre o Passeio Público e o anfiteatro dos Arcos da Lapa. Aguardando o sinal verde de pedestres, quem avistei? Ora, a besta quadrada do meu particular José Dias. Cada um tem o José Dias que merece, qual tiveram o Bentinho e a Capitu no *Dom Casmurro*. O meu estraga-prazeres é, está se vendo, o Vitório Magno. Raios! Ele me viu, da calçada da Sala Cecília Meireles. E acenou, convocando-me ao seu encontro. Gritei-lhe:

– Você está sem máscara!

E ele de lá:

– Já estou vacinado, não preciso mais. Venha!

– Não vou não!

A besta quadrada me atirou de lá um dedo em riste obsceno.

Aguardei, na ilha de tráfego, o meu José Dias desaparecer do nobre endereço. Percebi, porém, que ele não tinha ido à Sala Cecília Meireles. Que fazia ali o Vitório? Dias atrás, me dissera que iria alugar ou comprar um prédio na Lapa para instalar uma sucursal do Robespierre. Deve ser este o motivo de meu tropeço com a besta quadrada.

O José Dias de *Dom Casmurro*, com Bentinho, avistou do Passeio Público à passagem da imponente carruagem imperial com Pedro II a bordo. E eu, que vi do meu José Dias? Embarcava na limusine GMC preta, como as que surgem no seriado *Família Soprano*. O motorista deve ter parado defronte à Sala Cecília Meireles por questão de vaga.

Vitório exibe o veículo extravagante como se fosse o embaixador americano ou um chefe mafioso. Dias atrás, com a reabertura, ainda tímida, das igrejas, ele encomendou missa votiva para o amigo comum Carlinhos Balzac, em Ipanema, um tanto ou quanto para agradar Naná, irmã de Carlinhos e herdeira do Robespierre. Mandou buscar, a mim e a Mana. Secretamente, acertamos eu e ela uma condição: desembarcarmos na esquina da rua Visconde de Pirajá, para não sermos vistos na porta da igreja saindo do automóvel. Comandei para o Eufrásio, motorista-segurança do colégio:

– Descemos aqui na lanchonete, Mana quer comprar pastilha de hortelã.

Hoje, após vê-lo na sua carruagem na Lapa, Vitório me tocou o celular. Eu já caminhava na calçada da Glória, de regresso ao Flamengo. Para atendê-lo, fiz uma ginástica. Sentei-me ao meio-fio para retirar o aparelho da meia, pois senti meu corpo desequilibrado ao tentar a ação de pé. Em seguida, entrei na portaria do prédio onde residiu o grande memorialista Pedro Nava, com a anuência do porteiro, para não dar ensejo aos larápios. Esta semana, roubaram por aqui o celular do Fran, estando meu amigo dentro de um táxi, inocentemente parado num sinal.

– Escritor amado! – começou Vitório. – Você viu o nosso presidente recebendo a homenagem dos Fuzileiros Navais?

– Não sei do que você fala.

– A CNN transmitiu ao vivo agora cedo. A Marinha fez um desfile de carros de combate em frente ao Palácio do Planalto.

– Maravilha.

– Uma bela demonstração de força aos patifes do Supremo e do Congresso.

– Maravilha.

– Vamos esmagar os inimigos da democracia!

– Maravilha, Vitório. Deixe eu desligar, vou atravessar a pista, posso ser atropelado.

Minha cabeça fervilhava de Helô. Àquela hora, ela já teria tomado banho, se perfumado, vestido um lindo terninho para enfrentar o trabalho na consultoria financeira ou mesmo para fazer uma teleconferência desde sua casa. Ela anda sempre bem arrumada. Estaria Helô lembrando amorosamente os detalhes do encontro de ontem? Será que guardou no coração a minha maneira de lhe dizer que aquela noite merecia mais do que a boa caipirosca de lima-da-pérsia, sem coar, só lhe retirando os caroços, e sem açúcar?; merecia, isto sim, uma ou duas taças de espumante ou champanhe de entrada e um vinho tinto com o peixe e a massa. Acho que ela percebeu a mensagem de amor criptografada no meu comentário sobre bebidas, pois preferiu champanhe, bebida dos amantes. Sugeriu o cancelamento do vinho tinto e da massa. Aderi prontamente, confesso que um pouco frustrado, pois estava de olho gordo no *tortellini* recheado com presunto.

De volta à realidade, ao passar diante do Hotel Glória fechado (que dó!), um pensamento negativo anulou o meu entendimento de que a opção pelo champanhe significava um telegrama amoroso. Ela aceitou a bebida francesa associada ao amor, mas cancelou o segundo prato de nosso jantar. Penso que Helô é dessa geração forjada no trabalho desde cedo, de um sentido nato de poupança, que respeita o dinheiro, o próprio e o alheio; por isso, pode ter reduzido a comanda do garçom movida por esse arraigado sentimento de economia do povo europeu, presente até num momento de amor (há exceções, vide os personagens gastadores de Balzac). Além do mais, como ela é atleta, acha que toda a humanidade, para ter saúde, não deve abusar de comilanças à noite. Não foi uma mensagem amorosa a aceitação do champanhe; foi apenas uma compensação pelo cancelamento do *tortellini*.

Os amores me dão nó na cabeça!

Fui remoendo esse entendimento até a porta do meu prédio. À entrada, porém, ainda não tinha resolvido o dilema, que persiste até agora quando escrevo o diário; minha tendência é aceitar como verdadeira a primeira hipótese: Helô preferiu beber champanhe porque é a bebida do amor.

Quem ama, ajusta qualquer ideia ao seu sentimento, ainda mais se estiver possuído pelo ócio.

FIQUEI CURIOSO ao saber de Helô que ela já havia recebido as duas doses de vacina, mesmo não tendo idade para se encaixar no plano nacional de vacinação. Foi o que ela me contou na noite do jantar. Nada lhe inquiri sobre essa discrepância, por considerar avanço na intimidade. Mas hoje, ao caminharmos, ela esclareceu com naturalidade, mas pediu segredo do que eu ouviria.

– Sim, um segredinho entre nós – falei ridiculamente jovial.

Helô foi vacinada no consulado de um país europeu. Como é segredo, não revelo tudo. A amiga advogada com ligações na indústria farmacêutica conseguiu para si e para Helô a benemerência ilegal e ilegítima.

– Felicito-a, Helô!

– Foi uma bênção!

– Certamente você obteve também o certificado de vacinação, né?

– Sim, é vital para as viagens internacionais.

– Ótimo. Parabéns.

E passamos para assuntos mais apropriados a um pretendente a namoro. Não sei se ela percebeu que o tem. Toninho namora Helô, mas ela não sabe disso. Um poeta, acho que Manuel Bandeira ou Drummond, dizia sobre esses amores mantidos ocultos reciprocamente:

– Fulano namora beltrana à traição...

VITÓRIO ENCASQUETOU com a CPI da Pandemia. Esqueceu-se do tema predileto, "o nosso Machado". Sabe de tudo sobre os malfeitores que desfilam na TV Senado, deita falação ao telefone, medita sobre as conexões mafiosas entre vendedores de vacinas, instituições financeiras e deputados. Exclui da mixórdia, é claro, o presidente da República. Este não, não enfia a mão na lama. Faria melhor o Vitório se meditasse sobre sua máfia particular. Até hoje não dá uma explicação convincente de como conseguiu o controle do Robespierre depois da morte de Carlinhos Balzac, seguida dramaticamente da de sua esposa, a querida museóloga Bia, ambos ceifados na pandemia. De fato, Vitório era há muito o procurador do preguiçoso Carlinhos, que o contratara como advogado do colégio. É dotado dos dons necessários, comerciais e intelectuais, para comandar um negócio grande como um colégio. Mas daí a assumir o controle da casa, há um abismo, porque Naná tornou-se herdeira universal. Certamente a antropóloga Naná caiu no engodo; é uma nefelibata, embora culta, e confiou no amigo em quem o irmão confiava.

Aborrecido com sua conversa fiada ao telefone, me veio uma coragem inaudita de marinheiro da Guerra do Paraguai (acabara de avistar o velho Noronha na portaria, dando ordens ao porteiro Josias); e, entrando no elevador, falei ao Vitório:

– Quando é que termina o inventário do Carlinhos?

– Ainda demora, sabe como é a Justiça.

– Sei, sim, você tem experiência disso como interventor na caderneta de poupança Marvel – provoquei.

— Interventor, bem o disse, e não inventariante.

— É praticamente a mesma coisa.

— Não é, Bacharel. Você jamais foi bom advogado.

— E a Naná? Que me diz da Naná?

— Tem direito a uma retirada mensal de quarenta mil reais.

— Não é pouco?

— Vá escrever, vá! Memorialista do Flamengo!

A Mana escutou o último fiapo do diálogo quando abri a porta do apartamento. Quis saber o teor da conversa. Mandona como sempre, ordenou que eu conversasse com a irmã de Carlinhos, para averiguar a fidelidade do Vitório. Revidei:

— Por que você não telefona para a Naná? Sempre foram amigas.

— Amigas, nem tanto. A Naná não teve a delicadeza de acusar o recebimento de meu último livro.

— Acontece.

— Entre amigos, não. É, no mínimo, falta de educação.

— O Carlinhos nem me citou nas memórias dele, e nem por isso deixo de considerar o falecido um grande amigo que tive.

— Você também não o citou no seu livro paulistano quando ele estava vivo.

— Então houve empate. Mas o caso é a Naná. Coitada, com as mortes do irmão e da cunhada, ela pode ter esquecido de agradecer o recebimento do seu livro.

O livro da Mana contém ensaios sobre bons romancistas brasileiros, lidos na primeira metade do século XX e esquecidos na atualidade.

Mana ainda falava sobre a irmã de Carlinhos Balzac:

– Naná ficou enciumada quando soube que escrevo sobre o professor Darcy Ribeiro, pois ela acha que Antropologia é nicho somente dela.

A Mana está elaborando um *Dicionário amoroso de Darcy Ribeiro*, sobre a obra literária do antropólogo, romancista e educador, que a Mana e o Brasil tanto admiram.

– Que diferença entre Naná e a cunhada Bia!

– As duas se completavam – ponderei.

– Não, a Bia era superior. Quando ela escreveu *Tesouros do Museu Nacional*, publiquei artigo na revista da Universidade. Ela enviou-me uma bela carta manuscrita, peça de um espírito superior, exaltando a Amizade.

– Também pudera! Você só faltou chamá-la a Champollion brasileira...

– Como Bia escreveu bonito sobre Sha-Amun-en-su, Hori, Harsiese, as múmias que Pedro II deu de presente para a ciência nacional. Todas perdidas no incêndio de 2018, prenúncio do desastre do futuro governo que aí está.

– Só agora está vendo que votou num lazarento?

Mana fechou a cara e foi para a biblioteca. Lá de dentro, gritou:

– Você é o Vitório Magno com o sinal contrário!

Fundadas razões levam-me a crer que o antropólogo Darcy Ribeiro, eterno enamorado do mundo, tenha lavrado amorosamente no campo da Mana e da Naná.

HÁ DOIS DIAS UM URUBU, dotado de bizarra penugem branca, não sai da cobertura. Sempre encolhido, no topo da churrasqueira de alvenaria. A Mana o descobriu e achou que ele estivesse doente ou machucado. Elvirinha foi lá espiar, voltou à sala do café e esclareceu:

– É filhote. Não está machucado, desgarrou-se da mãe e ainda não voa direito.

– Como é que a senhora sabe disso tudo?

– Doutor Toninho: o senhor sabe de leis, eu sei da vida prática. Urubu nasce com uma penugem branca. Depois é que vai ficando preta.

Mana interveio:

– Então é preciso botar água para o filhote, coitado.

Elvirinha:

– Urubu não bebe água. Igual a papagaio. E depois, se alguém chegar perto, ele pode se assustar, tentar voar e se estrebuchar dez andares abaixo.

Dei a voz de comando:

– Então está tudo bem. Deixemos o filhote de urubu quieto; a cobertura fica interditada para o banho de sol da Mana e proibidas as visitas noturnas do Gato de Botas.

– Daqui mais um ou dois dias, o filhote já vai voar – predisse Elvirinha.

– Amém! Tenho medo daquele vizinho doido do prédio dos fundos atirar nele – disse a Mana.

Elvirinha deu um tiro de advertência:

– Eu vi na televisão que o Bolsonaro mandou o povo comprar fuzil em vez de comprar feijão, veja só!

Mana, ao ouvir o chiste, saiu da sala do café, em silêncio. Lulista envergonhada de Lula, retirou o voto dado a Bolsonaro, mas não gosta de lembrar desse gesto animado pela desforra contra o PT. Como não caí no mesmo engodo eleitoral (votei num animal da mesma espécie da minha) e aprecio acicatar a ex-bolsonarista, ela evita o confronto. Não irei mais chateá-la com isso, juro. Aconteceu com muitos, como o velho Noronha, e esses enganos políticos não são novidade. Meu pai se mortificava por ter votado em Jânio Quadros e não no marechal Lott, em 1960. "Como pude ser ingênuo!" – repetia à exaustão depois da renúncia do presidente, dizia ele, que queria "ser o Nasser latino-americano, um ditador esclarecido, mas ditador, disfarçado de democrata".

AO ACORDAR, vislumbrei o Pão de Açúcar meio encoberto, mas depois do café, de passar os olhos pelo *O Globo* e do primeiro charuto do dia, voltei à janela da biblioteca e verifiquei que o inverno ainda teima em prosseguir. Uma voz me dizia que Helô clamava pela minha caminhada.

Fran Gonçalves já tinha ido, o Almirante regressava. Na portaria, ele veio cheio de interrogações:

— Como então, Pirralho? Urubu está lhe visitando? Cuidado, hein?

O Josias Porteiro escutou a tirada e riu meio envergonhado, vestindo a carapuça da inconfidência.

— Não sou homem de superstições — declarei com alguma empáfia.

— Também não as tenho. Os marinheiros conservam-nas, desde os fenícios, os *vikings*, até o Camões refere superstições marinheiras n'*Os Lusíadas*.

— Puxa, o Corsário está literário hoje...

— Vai te catar, Pirralho!

E tome mais interrogação:

— Cadê as vadias?

— Sumiram da calçada por causa da Covid.

Ah, o velho Noronha! É a alma do nosso vetusto prédio.

Alcancei a calçada da praia e encontrei Helô, depois de um interregno de três dias sem vê-la. A propósito de mirarmos a baía, enquanto bebíamos água, contei-lhe:

— Sabe? Quase me afoguei aqui, você era apenas um projeto biológico, o Aterro não existia, acho que foi em 1958. Fui salvo por um rapaz.

— Jura? Um mar tão calmo aqui no Flamengo...

— Nem tanto. O Escobar morreu afogado.

— Quem?

Vê o leitor que foi o dia das interrogações.

— O Escobar, aquele que namorava a Capitu.

A deliciosa Helô ainda se encontrava no ar. Tive que acudi-la:

– O Escobar, de *Dom Casmurro*.

Ela então abriu seu sorriso de novela das sete. Estava, como eu, sem máscara, não nos encontrávamos próximos fisicamente, embora no espírito eu estivesse dentro dela. Ela disse:

– Pegadinha! Li o *Dom Casmurro* no cursinho do vestibular, não me recordo dos detalhes, só me ficou a ressonância: Capitu traiu ou não traiu o marido?

– Caiu na prova?

– Não, a interpretação de texto do vestibular foi sobre um trecho daquele português, o Saramago.

– Deixaram o Machado de lado, coitado.

– Vou reler o *Dom Casmurro*, para ter uma visão mais madura.

– Então depois você me diga se o Escobar deu um amasso na Capitu.

– Prometo – e riu deliciosamente, como uma atriz de Hollywood.

– Muito trabalho?

– Assim, assim. Estou com um bom investidor, empresário do ramo farmacêutico. Faço parceria com uma advogada muito experiente, do próprio cliente. Ela cuida da parte legal e eu do investimento financeiro.

– Sucesso, Helô!

– Obrigada, Toninho! Tchau!

Que sei de Helô? Que tem 28 anos, é linda, solteira, formada em Administração com MBA em não sei o quê, está no ramo financeiro, mora com a mãe na Machado de Assis, os pais são suíços de língua francesa. Ela é carioca, nasceu quando o pai trabalhava de engenheiro na Petrobras. O pai voltou há quatro anos para Genebra, mas ela não me disse se o casal é separado ou se o casamento corre frouxo. Helô fala e escreve em francês e inglês, tem prendas domésticas (sabe fazer tricô, aprendeu com a Vó Brigitte), é sósia da Britney Spears, pratica ciclismo, simpática, dedicada ao trabalho, é proprietária de automóvel mas não o usa com frequência. Toma as refeições em casa; só raramente almoça no Centro, e tem uma parceira advogada numa consultoria financeira para um cliente da indústria farmacêutica. Contou-me outras particularidades de sua vida, mas sem importância para aqui registrar, embora eu as tenha escutado com a atenção de um namorado apaixonado.

Que sabe ela de mim? O mesmo que sabe o leitor deste diário, até agora.

Irei acrescentar aos ouvidos dela: estou aferrado na leitura de um livro que Mana pôs-me às mãos: *Vida ociosa*, de um escritor chamado Godofredo Rangel, muito estimado pelo Monteiro Lobato, o amado de dona Elvirinha. Mana chama Godofredo Rangel de "o Machado de Assis da roça", em paralelo à obra urbana do romancista e cronista que retratou o bulício do Rio de Janeiro. Rangel escreveu seu romance rural psicológico no final da década de 1910. Mana deixou o exemplar antigo há dois dias, sobre minha cama, sem nada dizer-me, porém já dizendo tudo. O caso é que a pandemia provocou um vazio imenso no cotidiano de multidões desobrigadas de cumprir um dia laborioso que lhes dê sentido à existência. Como diz Godofredo Rangel, na boca de seu protagonista, um juiz de Direito de uma perdida comarca nas montanhas do sul de Minas, é "penosíssimo o fardo da ociosidade". Carrega-o o doutor Félix, sem ter o que fazer na judicatura da cidade onde nada acontece, nenhum crime, sequer uma demanda de fazendeiros vizinhos por qualquer *de cá a minha palha*. A pandemia de seu mundinho era o vazio exterior que leva ao vazio do espírito. O juiz já aprendeu muita coisa na ociosidade: o criador de galinhas, para ter êxito, precisa ganhar a primeira galinha, e não adquirir a penosa; o granjeiro não pode nunca chocar ovos em quantidades pares, deve sempre ser em número ímpar, caso contrário eles goram. "O número ímpar tem virtudes, até nas crianças; nunca se vira nascer alguma de seis ou oito meses". É a enciclopédia da ociosidade, muito bem descrita pelo Godofredo Rangel (1884-1951). Seu personagem se dá ao recreio de deitar na rede de um sitiante amigo para observar o voo de corvos, sem qualquer curiosidade ornitológica, apenas para acompanhar ociosamente o movimento aéreo (assim como eu passo longo tempo com os olhos no Aterro, vendo nada). Ele pensa com ansiedade no que sinhá Marciana vai lhe dar para comer em seguida ao almoço, assim como eu penso no que dizer a Helô logo após dizer-lhe alguma coisa. Vida ociosa. A pandemia pode ter estimulado essa situação pelo mundo, mas não é causa; a vida ociosa preexistia, amoitada, esperando oportunidade para vicejar. É velha como a Sé de Braga, e às vezes é um mal tão terrível quanto a Covid 19. Para ter me dado a ler o romance de Godofredo Rangel, a Mana deve ter pensado: é a vida de meu irmão aqui no Flamengo, prestes a completar mais um "enta" nos seus setenta.

Como sabem, pedi emprestado ao Almirante Noronha o binóculo militar de visão noturna, para flagrar a Helô de bicicleta ao luar. Nunca a flagrei. Mas continuo tentando. Vida ociosa.

Vivo a perguntar a dona Elvirinha, em plena mesa do almoço, o que ela fará no almoço do dia seguinte. Igualzinho ao personagem do *Vida ociosa*. Mana me olha de banda nessas situações. Ainda ontem à tardinha, contei-lhe pela enésima vez o caso comprido da aquisição da corretora de seguros das mãos de Carlinhos Balzac. Ia recontar também como passei adiante a empresa, para voltarmos ao Rio, mas graças a Deus o celular tocou e fui falar com o Vitório Magno. Alzheimer? Não, vida ociosa.

O Vitório, que queria?

Falar-me da CPI da Pandemia, da roubalheira que está sendo desmascarada. Vida ociosa, a do Vitório Magno.

DIZEM OS HISTORIADORES que Galileu Galilei, ao inventar o telescópio, abriu a porta do céu à humanidade. Particularmente, não fui beneficiário do revolucionário invento do cientista. Apontei-o não para o firmamento do

Flamengo, mas para o meu céu particular, o Aterro. Foi um fiasco mais uma vez.

No apartamento do velho Noronha, na hora do *Jornal Nacional*, abriu-se a porta:

– Boa noite, dona Lucy.

– Olá, Toninho! Entre, vizinho querido!

Troca de beijinhos atirados sob a máscara.

– Muitos urubus na cobertura? – provocou-me.

– Foi apenas um filhote, já se foi – falei meio sem jeito.

Ela abriu um sorriso enorme:

– Ainda bem. Dizem que não dá boa sorte... O Noronha está vendo televisão lá dentro.

Dona Lucy é bem vistosa nos seus oitenta e tais. Sempre arrumada, cabelos, rosto, joias, perfume. Parece que nem tira o sapato alto para dormir. Criatura simpática e alegre. Quando eu era pirralho, admirava-lhe as pernas e as comparava com as das vedetes que ilustravam as revistas. Gosto de ver no porta-retratos, colocado em lugar de destaque no salão, a foto dela com a atriz espanhola Sara Montiel, um *close* das duas de rosto colado. Foi tirada em 1964, quando a Montiel veio filmar no Rio um filme intitulado *Samba*.

– Noronha! O Toninho está entrando! – gritou dona Lucy, depois de me contar pela enésima vez a história da foto.

Admiro a decoração do apê dos Noronha. Tipo sala do Almirantado britânico no tempo em que Churchill fazia a guerra: paredes de lambris, retratos a óleo de ancestrais barbudos dele e dela; paisagens marítimas europeias (só tem uma brasileira, costa catarinense); no corredor íntimo, mais retratos e diplomas disso e daquilo, medalhas em escrínios de vidro. Na saleta de televisão:

— E então, Corsário?

— Ô Pirralho! Senta aqui, vem ver a roubalheira na CPI da Pandemia.

— Vim lhe devolver o binóculo.

— Serviu?

— Ótimo, mas o arvoredo tampa o que desejo ver.

— Então o alvo não devia ser coisa boa. Você, desde pirralho, é sem-vergonha.

Apontou para a televisão:

— Olha aí, o motoboy que sacava um dinheirão para pagar dívidas particulares de um diretor do Ministério da Saúde.

— Já vi à tarde.

— Esse binóculo me foi presenteado pelo Almirante Braddy, um dos comandantes da Operação Unitas, em 66. Afundei uma fragata inimiga. Os americanos ficavam alucinados com a minha direção de tiro. Era pá e pum!

— Maravilha, Almirante! Não quer dar um tirinho no presidente da República?

— Nem precisa. É um mentecapto. Vai se render sem tiro, em 22.

Noronha arrependeu-se do que falou.

— Soldado não pode atirar em presidente. É traição, golpe — declarou.

— *Ipso facto*, retiro minha insinuação que o levou a dizer o que disse. Desejava apenas fazer um elogio à sua direção de tiro.

— Aceito a retificação e o elogio. Tive um grande professor de tiro, o capitão de mar e guerra Elmano Grismann... Ih, olha aí, o outro ladrão de vacinas! É uma vergonha internacional.

Interrompi o Almirante:

— Em vez de ficar vendo a ladroagem, não prefere beber um conhaque?

— Ótima ideia.

Apertou um aparelhinho que mantinha em sua mão, a campainha soou num dispositivo igual, nas mãos da vigilante dona Lucy. Ela veio à saleta de TV e o marido disse-lhe, com voz macia:

— Querida, vamos nós três tomar uma dose de conhaque para ouvir as bazófias do Pirralho.

Já na sala de visitas, depois do brinde, dona Lucy tomou a palavra:

— Você não pensa em se casar?

O velho Noronha:

— Ô Lucy! Você quer atazanar a vida do Pirralho? Ele só trata de urubus.

— Não, é o ciúme da Mana, não é Toninho?

— Nem urubus, nem ciúme da Mana. Eu até que ando procurando...

— E de binóculo, Lucy! Ele procura noiva de binóculo infravermelho.

Boas risadas, bom Rémy Martin VSOP.

— Vou preparar um cafezinho para nós — disse dona Lucy.

Assim que ela nos deixou, o velho Noronha disparou novamente:

— E as vadias? Anda a frequentá-las?

— Não ouvi o que disse, deixa eu ficar do lado bom do seu ouvido — era uma pilhéria, ele riu e bebeu uma boa talagada.

Depois, o velho Almirante começou a contar uma boa história de sua esquadra no Atlântico Sul, em seguida voltou mais no tempo, para relatar as causas reais da explosão, seguida de afundamento, do encouraçado "Aquidabã", no qual serviu seu tio-avô, durante a Revolta da Armada no tempo de Floriano Peixoto.

Terminada a segunda dose de conhaque, o Almirante recitou o belo soneto de Emílio de Menezes sobre a tragédia marítima que comoveu o Brasil.

Aproximei-me do ouvido bom do Almirante, para perguntar só de provocação:

— Emílio de Menezes? Não sei quem é.

— Quem foi! — respondeu. — Morreu há milênios, Pirralho! Foi chamado de "o último boêmio do Rio de Janeiro". O poema "Aquidabã" era recitado na Confeitaria Colombo e alcançou grande sucesso popular.

Dona Lucy pediu licença, era hora da novela, coisa melhor do que ouvir antigualhas. O marido prosseguiu, alvejando-me:

– Ora, Pirralho! Você corre atrás só de gente que enaltece a vida vadia. Leia o Emílio de Menezes para conhecer a boa boemia carioca que não existe mais.

– Sim senhor, Almirante.

– Leia também o José Ingenieros, de *O homem medíocre*. Foi um grande pensador, infelizmente esquecido.

– Copiado, Almirante.

– Leia também as memórias de Nelson, as de Lincoln, as de Churchill, os livros de Pedro Calmon e de Paulo Setúbal. Vou falar com a Mana para lhe enquadrar, Pirralho! Vá ler as biografias de Dom Pedro I, de Napoleão...

Reagi:

– A do Napoleão eu já li!

– Ora, leu nada! Você nem sabe qual é a cor do cavalo branco de Napoleão!

Caímos na gargalhada.

O segundo conhaque foi ótimo para o ouvido escangalhado do velho Noronha...

Depois de vencer os dois andares que me separam do velho Noronha, fui suprir com a Mana a minha incultura:

– O Corsário me recomendou ler José Ingenieros...

– Teve em voga no Brasil do século passado. Era argentino, de família italiana. Médico, filósofo, psicólogo, de enorme cultura. Espere aí – e foi apanhar na estante *El hom-*

bre mediocre, para ler-me o perfil biográfico (1877-1925) e a súmula do pensamento de Ingenieros.

E leu:

– "A função capital do homem medíocre é a paciência imitativa; a do homem superior é a imitação criativa".

Fui dormir.

Esse velho Noronha quer me provocar!

HOJE AMANHECI valente e a minha cadeira no almoço ficou vazia. Eu precisava derrotar a pandemia. Avisei às duas mulheres da família que ia almoçar com o Vitório. Mentira, ele não foi; há uma semana avisou às suas amigas do serralho do Leme que eu ia aparecer um dia qualquer. Perguntei às pensionistas o que lhes recomendara o anfitrião a meu respeito. A loura Marcelle ("com dois eles") respondeu de pronto:

– Que você é como um irmão dele e que devemos deixá-lo à vontade.

Um pouco de sociologia da Covid: das três belas moças, a morena Vivianne ("com dois enes") é a única que caminha para a profissionalização do corpo; é dondoquinha do Horto, nunca trabalhou, já que os pais, trabalhadores domésticos no bairro, garantem sua vidinha despreocupada.

Marcelle, no ano passado, foi despedida do balcão de uma butique na Barra. Não desistirá de buscar uma recolocação na vida profissional.

Ambas não podem visitar a família enquanto durar a invernada do Leme; andar no calçadão da Atlântica podem, desde que mascaradas, e que não conversem com ninguém.

A mulata é a única que não tem nome com letra dobrada. Vitório chama a Michele de "Chocolate". Ela me disse que a mãe "pretendeu homenagear a mulher do Obama". Mas só agora, ao escrever essa asneira, percebi que a moça estava zombando da minha ignorância, pois ela tem muito mais idade do que a celebrização da Michele Obama, que só começou em 2007. Que moça danada! Me enganou direitinho.

Devo registrar que fui levado ao Leme, também, por uma curiosidade, digamos, literária. Meu amigo Vitório, para gabar sua criação sexista, contou-me que o apartamento foi vendido ao banqueiro Francisco José (o protetor de Carlinhos Balzac) por um industrial carioca, companheiro de noitadas do poeta Augusto Frederico Schmidt. E que foi na cama de uma das suas quatro alcovas que adormeceu para a eternidade o grande poeta de *O galo branco*, acrescentou o pseudobiógrafo Vitório. A amante, uma dama da alta sociedade do Rio, tinha nervos de aço. Telefonou para um amigo comum dela e do poeta e recebeu a orientação de sair do apartamento e deixar a porta aberta para as providências legais. Como ando meio supersticioso, fui conhecer todos os quartos para tentar identificar em qual deles Schmidt deu seu último suspiro. Pela sua importância na literatura brasileira e nos negócios comerciais, deveria usar o quarto de casal, o maior do apartamento. Graças a Deus, este atualmente é de uso exclusivo da patricinha Marcelle. Sosseguei-me.

Michele é caixa de um hortifrúti no Leblon e tem permissão do generoso sultão para ir trabalhar, com a promessa de voltar para o Leme após o expediente diurno. Para todas, Vitório estabeleceu controle severo de testes de Covid; Michele faz o PCR duas vezes por semana.

– Segurança, né?

Do oitavo andar do amplo apartamento, avista-se uma nesga de oceano e o colorido casario do Morro Chapéu Mangueira.

– Está vendo a casa pintada de azul? Nasci ao lado, naquela com as duas caixas-d'água – disse-me Michele, nós dois debruçados na janela do quarto dela. Os pelos dos seus braços, que se eriçam ao contato humano, são alourados. Pratica surfe.

A besta quadrada do Vitório, se souber, vai ficar uma fera!

Encontro o velho Noronha na portaria com o Josias Porteiro. Falavam sobre a conveniência de uma pintura na fachada do prédio. Intrometi-me na conversa, para dar um pitaco:

– É preciso também uma pintura na garagem. Está muito encardida.

Os dois se entreolharam.

Aí chegou o Fran Gonçalves, para a nossa caminhada com o Almirante. Inteirando-se do tema, o livreiro-editor deu o seu pitaco:

– É preciso ver também o problema das lixeiras nos andares. As empregadas sentem um odor desagradável.

O síndico e o porteiro voltaram a se entreolhar. Percebi que foi mal o pitaco do Fran, como tinha sido o meu. Atilado, o Fran desdobrou o seu pitaco:

– Sabemos que é um gasto que pode pegar muitos moradores desprevenidos.

Arrisquei na direção do velho Noronha:

– Faça uma consulta aos moradores pelo WhatsApp do condomínio.

Fran apoiou:

– É, faça um plebiscito, Almirante.

Ele não respondeu. Deu por encerrada a conversa com o porteiro e ouvimos a sua voz de comando:

– Vamos para a nossa caminhada; vamos.

Cruzamos as pistas em silêncio. Chegando ao calçadão, o velho Noronha entrelaçou os seus braços no meu e no do Fran, como se fosse um Dom Quixote com dois Sanchos Panças.

Falou, com serenidade e firmeza, olhando sempre à frente:

–Vocês então querem briga no condomínio? Vou eu lá fazer um plebiscito pelas redes sociais? Querem que o nosso velho prédio histórico se transforme num cadinho desse Brasil dividido? Se tem gente burra protestando até contra a vacinação!

Uns segundos de silêncio meditativo. Fui o primeiro a falar:

– Tem razão, Almirante. Esqueçamos o assunto.

– Esqueçamos, uma ova! – respondeu. – Vou conversar individualmente com cada morador. É assim que se faz.

E o Fran Gonçalves, sempre com Literatura na cabeça:

– Depois, esse negócio de plebiscito, como no ótimo conto do Artur Azevedo, à simples menção do invento político criado pelos romanos, já causa briga em família...

O Almirante topou a parada:

– Vocês, pirralhos, se enganam! O plebiscito é uma instituição democrática, uma grande descoberta da República Romana. Hoje, infelizmente, e espero que isso seja revertido, está maculado em todo o mundo civilizado, pois as redes sociais se apropriaram desse instituto político e o perverteram.

Entrementes, eu já havia esquecido o plebiscito e estava era de olho para ver se íamos cruzar com Helô.

CHEGUEI DA CIDADE na hora do *Jornal Nacional* e fui direto para a saleta de TV, onde Mana e dona Elvirinha pareciam promover um comício.

– Que horror, seu Toninho! – disse Elvirinha ao me ver.

– Um hospital transformado em campo de extermínio! – bradou a Mana.

– Que aconteceu, minha gente?

– Conte para ele, Mana, conte! – Elvirinha estava muito nervosa.

Tratava-se do caso de horror mostrado na CPI da Pandemia. Uma empresa de seguro-saúde distribuía em seus hospitais medicamentos contraindicados para tratar os pacientes de Covid. E o fazia sem conhecimento dos doentes nem dos parentes. A denúncia era consistente, de um grupo de médicos da própria seguradora. Houve mortes, não se sabe o número.

– Que me diz, seu Toninho, você que é advogado?

– Enrolei um bocado, dona Elvirinha; sou um simples bacharel...

Silenciei-me depois.

– Desembuche, meu irmão!

– Um horror, Mana, um horror.

Ela estava uma fera:

– Uma médica denunciou um hospital por estimular secretamente a abertura de vagas de leitos, a fim de faturar mais. Deixava ao deus-dará os pacientes de Covid. Campo de extermínio nazista!

– Um horror, Mana, um horror – eu repetia.

Deixei a saleta e refugiei-me na biblioteca. Passei o restante da noite em silêncio, a mente nervosa trabalhando com os pensamentos mais sombrios. Tentei ler umas páginas do *Tartarin de Tarascon*, mas não consegui aprumar os sentidos para rir com Alphonse Daudet. Uma pergunta gritava na minha cabeça:

– Será possível que Helô e Aglaé estejam trabalhando para clientes que matam?

Ao se recolher para dormir, Mana passou pela biblioteca.

– Houve algo errado com você na cidade? Está acabrunhado...

– Cansaço, Mana, cansaço de tanta notícia ruim.

– Leia um pouco de Machado de Assis, vai lhe reconfortar.

Respondi "boa sugestão, Mana", mas o que desejava mesmo era ir à rua Machado de Assis para tirar tudo isso a limpo.

Cadê coragem?

TEMOS BONS OUVIDOS, eu e Helô. Distante um metro dela, disse-lhe hoje na barraca do Gilson que precisamos renovar o jantar no Belmonte ou em outro restaurante. Depois de atirar fora o coco geladinho, eu a ouvi dizer que sim, aceita com prazer o convite, desde que "rachemos a conta" dessa vez. O homem enamorado não deve deblaterar sobre ninharias. Isto são coisas para os casados.

– Perfeito. Escolha a noite – propus.

– Eu te ligo. Irei a São Paulo, não sei ainda o dia. É o caso daquele meu cliente de que falei.

– Sei, o da indústria de medicamentos.

– Na verdade, ele tem uma grande empresa de logística que atua no transporte e armazenamento de medicamentos.

– Sei... Aguardo então seu telefonema. Qualquer noite para mim está bom. Se achar conveniente, convide sua mãe, eu convido a Mana.

– Mamãe não está saindo de casa. Morre de medo.

– Então não convido a Mana.

– Convide-a, sim!

– Vou fazer melhor: você almoça lá em casa, para conhecer a Mana e a excelente comida dela. E vai conhecer também a dona Elvirinha.

CRIEI CORAGEM E CONTEI, enfim, para a Mana, o convite feito à minha amada secreta. Não encontrei oposição, só muita curiosidade sobre a figura de Helô. Para me sustentar no motivo do almoço, repeti três vezes que ela é "uma amiga minha e do Fran Gonçalves". E que convinha ao nosso espírito tão combalido pelo distanciamento social da pandemia o entretermos com pessoas de conversa inteligente e sadia, como Helô.

É prudente que uma desconhecida tenha um padrinho. Nesse caso, que não seja eu o padrinho, para não injetar desconfiança na mente de repórter investigativa de minha querida irmã, implicante com minhas amizades desde menina. Até hoje não perdoa minha afeição ao Choppart, querido colega de colégio e amigo dos tempos em que eu atuava como advogado e ele brilhava no mercado financeiro carioca. Quando Choppart foi preso no escândalo do Petrolão, Mana diariamente me esfregava na cara:

– Eu sempre lhe avisei, desde muitos anos, que o Choppart não prestava.

Ela brigou muito comigo quando, em São Paulo, providenciei o advogado de defesa de Choppart, preso em Bangu. Graças a Deus e apesar dos protestos da Mana, o doutor Clodoaldo conseguiu obter uma pena menos severa para o meu amigo, hoje felizmente residente em Portugal, pátria de seus avoengos Guanabarinos. Devo abrir o jogo: a Mana não gosta do Choppart porque ele um dia propôs-lhe intimidades no imenso quintal da casa dos pais em Santa Teresa. No começo dos 70, já ela moça feita, o meu amigo tentou dar-lhe uns amassos nas ondas do desaparecido píer de Ipanema. Quando a Mana se queixou do Choppart, eu lhe respondi com fundo desapreço de irmão mais velho:

– "Celacanto provoca maremoto"!

Ela foi chorar nos ombros de nossa mãe, que me repreendeu. O dito era uma pichação que aparecera misteriosamente em muros de toda a Zona Sul, feita por um colega dela da PUC. Não significava nada, mas significava tudo, pois se encaixava em qualquer situação, até no uso da tanguinha dela.

Contando esses fatos de outrora, parece que o velho Noronha baixou no meu espírito. O importante, agora, é que Mana não fez oposição a que Helô venha almoçar conosco. E não será no final de semana, será amanhã, feriado de 7 de Setembro. Comeremos o famoso bacalhau ao forno, dourado, cercado de batatas, cebolas inteiras, tomate, aspargos frescos, alcachofra, ovos cozidos, azeite por cima. A mãe de Helô não virá mesmo. Mana pensou no imperativo sanitário: ela e dona Elvirinha ocuparão as cabeceiras da mesa que comporta doze comensais; Helô e eu ficaremos frente a frente nas laterais.

A anfitriã sugeriu convidar o Fran com a mulher; como não desejo, por enquanto, abrir para o mundo o meu comércio amoroso, isso custou-me uma mentira:

– Eles estão indo para Petrópolis.

Tratei logo de me acertar com o editor, e então houve outra mentira. É altamente filosófico (ou aritmético): uma mentira só é sustentável com outra mentira. E essa outra, com mais outra mentira. Sei que terei de mentir mais para o Fran; mas, por enquanto, foram apenas duas:

– Vou receber para almoço amanhã o Vitório. Como terei de apertá-lo no cangote, para ele apertar o cangote do Orozimbo, o comprador da corretora, em atraso de pagamentos, não é de bom tom ter a presença de testemunha do aperto. Por isso, eu disse a Mana que não os convidaria.

Fran, homem das letras e do comércio, concordou com minha prudência.

– Espinafra bem o Vitório, ele está exageradamente reacionário – sugeriu-me o bom amigo.

Os preparativos para o almoço de Helô incluíram a vinda hoje da Siamara, a cabeleireira que lava e faz escova na Mana e na Elvirinha. Desde o ano passado, no auge da pandemia, quando elas ouviram dizer que uma dondoca morreu de Covid contraído em salão de beleza, elas se pelam de medo. Mas a vaidade feminina é vital para a alegria do mundo, especialmente para a alegria dos homens, e o salão agora é dentro de casa. Aproveitei a presença da Siamara para aparar os cabelos, pela segunda vez este ano. Um dia qualquer volto a falar da Siamara.

ACORDEI e logo fui tomado pela ansiedade de enamorado. Sabem como é, não sabem? Aquele mal-estar no âmago da barriga.

O dia amanheceu esplêndido, mas aquele estado de ânimo impediu de mover-me em direção ao Aterro. As horas, as mesmas em mais de setenta anos de vida, me custam a passar, tudo por causa da vinda de Helô. Vitório telefonou para avisar que o presidente da República aparecia na televisão, em meio a uma multidão de devotos em Brasília. Era "o coroamento do prestígio ímpar" do capitão, disse-me. Liguei a TV, para conferir, mas desliguei em seguida, enfarado, e subi para a cobertura, a fim de cumprimentar a Mana em seu banho de sol diário na espreguiçadeira, enquanto lia uma das biografias de Stálin, presenteadas pelo Fran. Peguei o Gato de Botas, que dormitava à sombra da churrasqueira, e aboletei-me com ele na outra espreguiçadeira, ao lado, para afagá-lo. Só por uns segundos apenas, porque o espertalhão não desejava tostar-se. Aninhou-se no mesmo lugar onde dias atrás o filhote de urubu se abrigou. Enfarei-me também do sol e desci para a biblioteca. Não para pegar num livro, sequer para fundas cogitações, mas para gastar os longos minutos e horas da vida ociosa tal como relata Godofredo Rangel em seu romance. Telefonei para a casa de Helô, só para ter alguma ação; atendeu a mãe, disse-me o que eu já sabia, que ela tinha ido para o Aterro. Aí ligou o velho Noronha, para saber se eu estava vendo na TV o presidente "fazer arruaça" no Dia da Independência. Tratei de despachá-lo logo, respondendo às suas perguntas e cogitações por meio de monossílabos. Ainda bem que ele entendeu de outro modo o meu enfado; imaginou que eu estivesse concentrado em assistir as arruaças, e se despediu, prometendo telefonar ao fim do dia para "um balanço político".

– Onde já se viu um general da ativa participar de um comício partidário? – disse ele sobre a presença do ministro da Defesa no palanque. – Parece até cena dos tempos do João Goulart!

E então deu o "câmbio final", pois é assim, com essa voz de comando, que o Almirante desliga o telefone ao falar com os amigos.

– Câmbio final, Corsário!

Fiz a barba. Tomei banho. Liguei o ar-refrigerado da sala de jantar, onde Helô irá deleitar-se com o almoço da Mana. Não fumei o charuto matinal. Questionei dona Elvirinha por qual motivo fora à missa, se hoje não é domingo. Nem prestei atenção à resposta. Perguntei-lhe em seguida qual louça usaríamos. Ela respondeu que eu deixasse isso de lado, ela poria a mesa, já que hoje não é domingo, meu dia da tarefa. Aí então regressei à biblioteca, para nada fazer, enquanto escutava alguns rumores vindos da cozinha. Então liguei o computador, para escrever a ociosidade desse 7 de Setembro, antes da chegada de Helô.

Godofredo Rangel é muito melhor na *Vida ociosa*.

PS: O velho Noronha já conversou com todos os proprietários. Ninguém quer gastar dinheiro agora com obras de embelezamento do prédio. Deixa para depois da pandemia. Não houve discrepância. Um sábio, o Noronha.

Dona Elvirinha foi a personagem do almoço. Ela e Helô estabeleceram rapidamente uma simpatia recíproca. O mesmo se deu com a Mana, que abriu a porta para a convidada, porque eu, não tendo dominado a ansiedade, tomava o segundo banho do dia, apenas para enfrentar o ócio da espera. Secretamente, talvez quisesse me molhar na água lustral, capaz de diminuir a distância temporal que me separa de Helô. Cabelos molhados podem dar essa tinta fugaz de rejuvenescimento. Coisas do amor, me entendem?

Ao me apresentar na sala de visitas, as três mulheres já estavam enfronhadas em grave assunto internacional: a tomada do poder pelos talibãs no Afeganistão. A conversação aflorou com a vista do livro da vida de Stálin sobre a mesinha de centro. Embaixo deste, estava o de Nixon. Do corredor do banheiro, escutei Elvirinha dizer que rezava era para o Kennedy. Estaquei, apurei mais os ouvidos; ela contou o que fazia exatamente no momento em que tomou conhecimento do assassinato do presidente americano, no remoto ano de 63.

– Acompanhei dona Clara ao consultório do doutor Pedro Nava, no Humaitá. Ele cuidava do reumatismo de dona Clara. O doutor Nava foi também um grande escritor, não é Mana?

– O maior memorialista brasileiro do século XX!

– Pois então; no regresso, ali no Mourisco, por volta das cinco da tarde, no Aero Willys verde com capota creme, ouvimos a notícia da morte do Kennedy pela Rádio Nacional.

E do Mourisco ao Afeganistão, foi um simples pulo para dona Elvirinha:

– O mundo não podia deixar o povo do Afeganistão ao deus-dará.

Minha entrada na sala interrompeu a conversa delas, mas logo deixei-as à vontade para retomarem o assunto que lhes interessava. Fui buscar a garrafa de champanhe para um brinde à convidada. E na volta, não introduzi tema novo, pois já falavam dos acontecimentos do dia em Brasília. Minha irmã dizia que o presidente era um talibã tupiniquim. Eu não imaginava uma Helô tão politicamente correta, pois ousou fazer um aditivo à fala da Mana:

— Os nossos índios ficariam ofendidos de qualquer relação de parentesco cultural com o presidente.

A Mana, normalmente indisposta a ouvir correções ao que diz, concordou com a convidada. E não foi por educação, pois na cozinha, quando fui buscar as travessas para levá-las à mesa, disse-me:

— A Helô é uma moça bem sagaz.

Enquanto isso, dona Elvirinha sustentava a conversação com a convidada. Deveras muito sagaz, a Elvirinha:

— O Toninho é um rapaz muito sério. Aos doze anos, quase se afogou aí na praia.

— Ah, ele me contou essa.

Elvirinha aproveitou a deixa para destilar um pouco suas idiossincrasias:

— Eu não gosto de ver fundo de mar. Mudo de canal quando aparecem esses filmes na televisão. Também tenho horror a caminhões. Ficava muito preocupada com as constantes viagens do Toninho pela rodovia, quando morávamos em São Paulo e ele vinha ao Rio de carro. Deus me perdoe, mas tenho um pé atrás com os povos do Oriente. Uma prima, imagine, foi raptada por ciganos que costumavam acampar em Caxias. Foi salva pelo deputado Tenório Cavalcanti, já ouviu falar nele?

— Não, esse não — respondeu Helô.

Mana meteu-se na conversa:

— Os ciganos brasileiros descendem dos que vieram da Europa, Elvirinha.

— Mas li no *Tesouro da juventude* que eles nasceram no Oriente – retrucou dona Elvirinha com firmeza.

E prosseguiu seu relato, impávida:

— Esse Tenório era um homem muito valente e poderoso que andava de metralhadora escondida sob uma capa preta. O doutor Antônio, pai do Toninho e da Mana, não gostava dele, mas foi esse o homem que salvou a vida da prima Doca.

Helô apreciou os casos de dona Elvirinha, ria-se se fosse comédia, e se lamentava em caso de drama, como uma espectadora de teatro de variedades.

Dona Elvirinha, com mais verve por conta da taça de champanhe, teve uma oportuna recordação do que lhe contou a avó, sobre a pandemia de 1918.

— Nós somos felizes por morarmos em prédios altos, sabia disso, Helô?

A convidada mostrou-se tão curiosa quanto eu e a Mana. Que viria como explicação da memorialista?

— Vovó contava que só uns dois ou três moradores do Morro do Curvelo morreram na gripe espanhola. A epidemia arrasava o centro da cidade, a Lapa, o Catete, o Flamengo, Botafogo... Mas não subia o morro... Muita gente rica mudou-se para os altos de Santa Teresa. Outros compraram casas nas montanhas da floresta da Tijuca.

Mana deu fé pública ao depoimento:

— É verdade. Tivemos amizade com os Guanabarinos, uma família portuguesa muito rica. O doutor Guanabarino, pai de um amigo de infância do Toninho, o Choppart, contava que a bela mansão em estilo manuelino, onde frequentávamos a piscina, fora adquirida pelo seu pai para fugir à gripe espanhola. Ele já perdera a filha, aqui no Flamengo, e se mudou para não sofrer mais tragédias.

– Então, que fiquemos nos andares altos! – exclamou Helô, sorrindo da pilhéria e, acho, da visão belíssima oferecida pelo bacalhau dourado ao forno que, cavalheirescamente, fui buscar na cozinha ao comando da Mana.

A referência à boa qualidade sanitária das alturas fez com que minha irmã sugerisse desligarmos o ar-refrigerado para abrirmos todas as janelas e portas que guarnecem a varanda. Coube-me a tarefa, que fiz com gosto, pois havia recebido na véspera uma circular do velho Noronha, nosso eterno síndico, recomendando economia de energia em vista da proximidade da crise hídrica em nossas represas geradoras. O Corsário é um cidadão sempre atento às boas causas públicas.

A suave brisa do Aterro inundou de saúde a nossa mesa. Brindamos com um excelente tinto alentejano que a consciência pesada da besta do Vitório Magno fez chegar à minha adega.

As três mulheres se davam tão bem que não usaram tratamento de senhoria. Helô, Mana e Elvirinha se chamavam de "você", foi o comando que minha irmã deu logo no início da visita.

Comi bem, mas pouco falei, e quando o fiz, vocalizei banalidades. O amor, quando se tem mais de setenta anos, requer prudência; e muito frequentemente torna os homens grandes bestas quadradas, como o dinheiro fez ao Vitório. Eu mastigava e olhava de soslaio para Helô, enlevado pela sua boniteza. Já não me encontrava mais naquele estado de paralisia cerebral da vida ociosa na pandemia. Lembrei-me – misericórdia! – dos olhares gulosos do safado inominável padre Amaro para Amelinha durante as refeições na pensão da São Joaneira. Quem manda a Mana me obrigar a ler o romance terrível de Eça de Queiroz! Mil vezes a lubricidade atraente do mafioso Tony da *Família Soprano*!

– Você tem de aproveitar a pandemia para tirar o atraso do que não leu na juventude –disse ela.

E vem empilhando em minha cabeceira uma montanha de *Crime e castigo*, Miguel Torga, Artur Azevedo, Graciliano Ramos, Oswaldo França Júnior, Octávio de Faria, Alfredo Bosi (Mana chorou a morte desse filósofo, outro dia) e não sei mais o quê, e tome por cima da pilha os tijolaços de Eça de Queiroz! Parece até que me preparo para fazer o Enem.

Nenhuma dessas grandiosas espiritualidades importou diante do bacalhau dourado ao forno da Mana; Helô maravilhou-se.

– Que delicadeza de alho frito! – disse a convidada.

– O segredo – ensinou a cozinheira literata – é a porção do alho triturado. Infinitesimal, para não se intrometer nem no bacalhau nem na apuração do sabor do vinho.

— Ah, então o escritor português se orgulharia de sua mesa — retrucou Helô.

Fiquei temeroso de a Mana considerar uma tirada irônica, o que seria fatal numa futura amizade com a minha paixão secreta. Mas a literata cozinheira sorriu em agradecimento.

Teve arroz-doce de sobremesa. Diferente do português, mas o excelente arroz-doce de dona Elvirinha, com uma pitada de calda de ameixas pretas por cima. Quando mastiguei o fruto descaroçado, macio, foi como se eu mordiscasse a pele alva do pescoço de Helô. Que pescoço delicioso à minha frente! Vou até pedir à Mana que me ache no Eça um sinônimo de pescoço, vocábulo sonoramente feio, inapropriado aos amantes, pois se diz "carne de pescoço" como sinônimo de algo difícil de deglutir. O de Helô é suave, lindo de beijar, beijos que ainda não lhe dei.

Helô anunciou que já era hora de retirar-se, depois de ouvir o romântico relógio de pé da sala bater dezenove horas (um dia, quase cometi o crime de dá-lo à minha finada sogra!). Acompanhamos a convidada à portaria do seu prédio, na Machado de Assis. Mana, com natural simpatia, convenceu Helô a guardar na bolsa os sapatos altos e emprestou-lhe um par de sapatos baixos, para enfrentarmos a caminhada vagarosa sobre a calçada cheia de pequeninos abismos, muito perigosos aos pés femininos, pela ausência, aqui e ali, de pedras portuguesas. As três mulheres se amparavam de braços dados, Helô no meio; eu as guarnecia, entrelaçado a dona Elvirinha, pelo lado da pista onde trafegavam automóveis com bandeirolas verdes e amarelas que voltavam das manifestações dos desavisados em favor do presidente da República.

Deixamos Helô na porta de casa. Beijinhos pra lá e pra cá, à distância, de máscara mesmo, ao fechar-se o portão. Outros atirados à portaria; ainda outros, fechada a porta de vidro, ela entrando no elevador. Paixão.

– Você não acha que Helô se parece com a Britney Spears? – perguntei à Mana.

– É, tem um jeito...

Dona Elvirinha estava de ouvidos atentos.

Outro dia contarei mais sobre a Britney.

Ah, tarde da noite, a Mana me acudiu com o Eça: na cena em que o padre Amaro dá o primeiro amasso em Amélia, no pomar da chácara da mãe da moça, o romancista escreve que o beijo foi "com fúria no pescoço". Entretanto, a Mana acha mais elegante dizer-se colo.

– Achava que colo e pescoço fossem pontos distintos da anatomia.

– Ignoro o que você deseja escrever, mas, vai por mim: uma leitora romântica prefere ser beijada no colo do que no pescoço.

Que se dane! Beijei Helô no colo, no pescoço, e naqueles lábios de Britney Spears!

E até hoje nem acariciei suas mãos.

HÁ QUINZE DIAS nada registro no diário, só penso em Helô, só me importo com Helô. Temo-nos encontrado no Aterro. Na semana passada tomamos um drinque no Belmonte, sem jantar, e a escolha do bar foi dela. Como me lembrei do seu veto à nossa ida em restaurante da Zona Sul, naquela noite em que se vestia de gala, fiz um comentário genérico sobre sua conduta como consumidora. Interpretei-a como doutrina calvinista, já que a origem dos pais é Genebra, onde Calvino fez sua pregação contra o *laissez-faire* católico. Mal intérprete fui. Ao ignorante namorado, Helô explicou que Genebra, embora irradiadora do Calvinismo, é uma cidade de maioria católica por causa da influência francesa.

Minha namorada elogiou a beleza da Mana e sua cultura. Quis saber se minha irmã já foi casada; contei-lhe que ela teve um só amor na vida, um professor de Literatura Espanhola da Federal. Era um rapaz bonito, uns dez anos mais velho, parecia o Omar Sharif. Por despeito, não lhe declino o nome. O danado se casou com outra aluna, partiu o coração da Mana. A Mana então foi para São Paulo, fez concurso para docente na USP. Anos depois, com a morte de nossa mãe, e tendo eu adquirido a corretora de seguros, das mãos do Carlinhos Balzac, resolvi ficar perto da Mana. Eu já me casara e quando me tornei viúvo, com apenas seis anos de casamento, adquirimos uma casa no Morumbi e desde então estamos juntos.

– Curtem a solidão dos amores perdidos? – foi a pergunta perspicaz de Helô, talvez para me testar.

– Nem tanto. Rimos diariamente da vida.

Levei-a em casa e fiquei realizado com a troca de beijocas nas duas bochechas mascaradas. Foi o supremo gozo. Bem, quase isso. Houve mais umas conversinhas de sussurros, sem pimenta nem algodão-doce. O teor permanece guardado no coração, como manda Machado de Assis. Ou manda o senso do ridículo, o qual não perdi totalmente, acho.

Hoje, ao voltar da caminhada no Aterro (fui numa hora em que não cruzaria com Helô, para não vulgarizar nossos encontros), Mana conversava ao telefone com a Magali, colega dela na USP, também jubilada. Era sobre política. Tinham visto o noticiário da manhã, o presidente da República na ONU. Parei no corredor dos quartos para escutá-la:

– Um discurso desnutrido de ideias... Diante do mundo inteiro, Magali! Gastando uma fortuna do povo para comer pizza na calçada... Não tem noção da realidade... Um detraquê, como dizia o papai... Um erro... Confesso que o cometi ao encerrar minha amizade com a Cibele naquele fatídico almoço no restaurante japonês da Liberdade, onde contei em quem votaria na eleição presidencial. Pois é... Menina de Deus! Tenho muito remorso de haver contrariado o Toninho em 2018... Ele diz que só vota em animal da mesma espécie dele.

Chega de xeretar a Mana. Foi bom saber da autocrítica dela. E me fez recordar Cibele, professora de Literatura Hispânica; até que bonitona, colecionava admiradores, pois vestia minissaia aos quarenta e tantos. Cibele duelava muito com a Mana na ideologia, culminando com a briga no restaurante, mas se entrelaçavam na Literatura. Tendo eu lhe dito, certa vez, que só lia autor morto, introduziu-me na leitura do colombiano Vargas Vila, autor de dezenas de romances; talvez o mais famoso seja o que Cibele me deu, *Ibis*. Era muito lido no Brasil até a metade do século passado. O papa Leão XIII excomungou o escritor, tido como excêntrico, bizarro, doido varrido. Cibele dedicou-lhe um estudo crítico. Ninguém sabe hoje quem seja Vargas Vila (1860-1933), a não ser Cibele e o Fran Gonçalves, para quem telefonei, pois ele sabe tudo sobre livros, e deu-me os dados para escrever este parágrafo. Disse-lhe:

– Quando a Cibele e você se forem, Vargas Vila estará definitivamente sepultado no Brasil. Seu ossuário restará espalhado pelos bons sebos.

O editor respondeu:

– E existirá, para um escritor esquecido, cripta mais conveniente do que uma alentada loja de livros antigos? Vai que surja uma nova Cibele?

Vou ver se Helô enviou WhatsApp de São Paulo. Pediu minha opinião de advogado sobre a qualidade técnica do Bretas, que está tratando de um pagamento no exterior para o cliente dela, o tal da indústria de saúde. Dei-lhe: por dinheiro, Bretas dá nó em pingo d'água.

AH! CONHECI DONA HELLEN! Acompanhei Helô até a rua Machado de Assis, e a mãe dela estava no jardim do edifício, conversando com o porteiro. Vinha do supermercado, segurava uma sacolinha. Vestida num terninho azul, maquiada, esguia, parecia a Clarice Lispector. Dou-lhe uns cinquenta anos. Helô abaixou a máscara e me introduziu:

– Mãe, é o meu amigo Toninho.

– Muito prazer, doutor Toninho – disse a mãe de Helô com um delicioso sotaque afrancesado.

Dona Hellen abaixou a máscara e me estendeu a mão. Abaixei a minha também. Bela mulher. Ela deixou a filha um pouco corada, ao dizer-me:

– Helô fala bem do senhor. Como vai?

– Bem, dona Hellen. Não me chame de senhor, sou o Toninho.

– Então vamos subir, Toninho. E me chame só Hellen.

– Obrigado. Mas estou todo suado.

– Que tem isso? Vocês precisam de uma boa limonada – e tomou a dianteira para entrarmos no prédio.

Tive uma visão panorâmica. Pareceu-me ter pernas bem torneadas, embora não as tenha visto ao vivo, pois estavam cobertas da calça do terninho azul, calça justa na medida certa para aguçar a curiosidade masculina sem alvoroçar os cafajestes que nas calçadas costumam olhar para trás à passagem de mulheres como Hellen. Conforma, outrossim, a sua anatomia um lindo pescoço – aliás, colo – sem rugas. E quadris de quem, tendo parido dois filhos, se cuida com esmero. E é chique, naturalmente chique.

Recolocamos as máscaras para entrar no elevador. A minha nova amiga continuou a conversa animada, falando sobre os preços dos alimentos, que subiram muito, disse.

Apartamento de quinto andar, aconchegante, decoração, presumo, europeia na sala de estar; nas janelas, cortinas até o chão; muitos abajures, tapetes, almofadas de *gobelin*. Chega de descrição de ambiente. Parece até que estou imitando Balzac, Eça de Queiroz.

Helô orientou-me a sentar-me, o que fiz muito sem jeito, aboletando-me na ponta do sofá, pois temi ensopar o encosto. Minha namorada secreta foi para a cozinha e de lá ouvi o liquidificador moer os limões para a saborosa limonada suíça que eu bebo no BB Lanches do Leblon quando vou visitar a besta quadrada do Vitório Magno. Entrementes, Hellen falava:

– Carioca é muito espirituoso! Não tem limonada suíça na Suíça. Nem limões temos lá, importamos da França e da Itália.

Ao bebermos a limonada suíça:

– Helô gostou muito de sua irmã. Disse-me que vocês moram com uma amiga de família com quem simpatizou bastante. E que almoçou um bacalhau precioso.

– Obrigado, dona Hellen – perdão, Hellen...Vamos repetir tudo para você, está bem?

– Oh! Meu amigo! Muito obrigado. Irei com prazer.

Quando me despedi delas, já dentro do elevador com a porta fechada, escutei-as conversar em francês. Como não sou fluente no idioma de Guy de Maupassant, só entendi dois vocábulos, os mesmos que as namoradas de *Bel-Ami* diziam ao conhecê-lo:

– *Très sympathique*.

Escutei mal?

Quando se ama secretamente, ouve-se o desejo acalentado na alma.

Em casa, falei para a Mana, na biblioteca:

– Conheci a Clarice Lispector.

– Hein?!

– A mãe da Helô, Hellen, uma suíça do cantão francês. É a cara da Lispector.

Mana riu-se, tirou seus óculos de gatinho e falou:

– Você anda bem acompanhado! Britney Spears e Clarice Lispector!

E continuou lendo a autobiografia do Nixon.

Dona Elvirinha, com o celular na mão, me pegou no corredor:

– Ponha aí na tela essas tais moças, que eu também quero conhecê-las.

O VELHO CORSÁRIO Noronha me veio hoje com uma conversa muito suspeita. Na portaria, olhou-me de alto a baixo (eu trajava terno e gravata) num horário em que nos vemos sempre de bermudas – a hora cotidiana da caminhada no Aterro. Primeiro, ele reclamou da minha ausência como sua companhia ou a do Fran nas caminhadas matinais. Depois, em enxurrada, perguntou se eu me vesti para fazer exame de fezes. Eu ia ao Centro, tinha uma reunião no banco que sacramentou a venda da corretora para o sujeito que anda atrasando o pagamento das parcelas. Levei na esportiva o comentário sobre o meu traje; mas, com o velho Noronha não dá para aceitar apenas o deboche, é preciso cautela porque seu espírito é de corsário: tem sempre uma bala escondida e com o detonador na língua. Acho que ele suspeita da minha nova amizade do Aterro:

– Você mudou o horário da caminhada, Pirralho! Tem coelho nesse mato. E deve ser rabo de saia.

–Antes fosse! Ando cheio de problemas, Almirante.

– Mentir é pecado. O Gilson me disse que o tem visto raramente, e quando você aparece no quiosque, bebe água de coco sempre ao lado de uma moça bonita.

E prosseguiu na enxurrada:

– Não precisa explicar: puxou ao tio Netto. Com certeza, com essa roupa de ir à missa, você vai é ao cartório ver os papéis para enganar a moça com casamento.

E sem me facultar direito de resposta:

– Olha, passa lá em casa que tenho um binóculo novo para lhe emprestar. Ele mostra no visor até a distância do alvo, em milhas. Você certamente sabe fazer a conversão para metro, não sabe?

O que resultou da enxurrada foram novas risadas e um abraço apertado no velho Noronha. O táxi estava na porta. Rumei ao Centro. Do banco, telefonei para Helô, e ela confirmou que dali a pouco embarcaria na ponte aérea para São Paulo, conforme me anunciara ontem. Viajaria em companhia da doutora Aglaé, sua parceira de negócios. Tinham um encontro no escritório do Bretas, de Bretas, Calamares & Maldívias Advogados Associados. Ora, pensei, por que as duas amigas e sócias não fizeram uma teleconferência com o Bretas? Viajar, enfrentar ajuntamento humano? Para que isso?

Conheço o Bretas de águas passadas, *expert* em aberturas de contas em paraísos fiscais. Que tem isso? Não é ilegal, desde que a Receita Federal tenha conhecimento. Era muito comum, nos anos pré-real, viajantes frequentes abrir essas contas. O dólar oscilava, sempre contra o consumidor, e valia a pena debitar as despesas de cartão de crédito, feitas em dólar, na conta bancária no exterior, em vez de pagá-las no Brasil da inflação. Mas o caso é o Bretas. Dos meus companheiros de almoço das sextas-feiras, nos restaurantes paulistas, advogados e empresários, só um gostava do Bretas: o Esmeralda, um homem vil, que já morreu, violou a própria irmã, tirava picolé da boca de criança, roubou um anel caríssimo da ex-esposa, levou uma surra do patrão do Carlinhos Balzac e era execrado pelo senador Ataliba, então o mandachuva do Congresso. O senador, meu amigo e protetor, dias antes de morrer no Sírio-Libanês, proibiu-me terminantemente de fazer negócios com o Esmeralda. Jamais fiz. Melhor deixar de lado esse ossuário, já devidamente exumado pelo Carlinhos Balzac em seu livro de memórias.

Dois registros indiretos sobre minha Helô. Na hora do almoço, dona Elvirinha contou que conversou com Hellen. Foi na farmácia! – apostei. Onde mais duas senhoras que não gozam de intimidade recíproca irão conversar? Errei, foi no supermercado da rua do Catete. Eu me transformei num velho Noronha de intensa curiosidade e fui multiplicando as perguntas a Elvirinha: conversaram sobre o quê? Ela falou de mim? Helô estava com dona Hellen?

Dei senhoria à mãe de Helô para não revelar a minha intimidade conquistada no primeiro dia.

– Falamos – contou Elvirinha – sobre o preço dos alimentos, cada dia mais alto! Eu prometi fazer para dona Hellen um pavê de chocolate com biscoitos *champagne*, que aprendi com sua mãe, e ela vai enviar para nós uma terrina de pepinos em conserva; quer dizer, fará para você, que gosta desses tira-gostos fortes.

Para fazer o segundo registro sobre Helô, tive que me socorrer à Mana porque não vi o noticiário da televisão. À noite, tendo ido à cozinha, topei com as duas companheiras em palestra sobre as tais comidarias faladas anteriormente. Ao me ver, dona Elvirinha agitou-se:

– Você não me mostrou a Britney Spears, mas eu a conheci hoje no *Jornal Nacional*. É bonita mesmo, mas não vejo parecença com a Helô.

Mana riu, e vendo que eu não entendia do que se tratava, explicou:

– A Justiça americana devolveu a Britney Spears as rédeas sobre sua própria vida. O pai dela, mau-caráter, as tinha tomado, alegando que a filha era doidinha.

– Ora, não sabia!

– Não é novidade, fica só enfurnado no escritório – disse Elvirinha. E completou: – Ela tem cinquenta milhões de dólares!

– Então eu troco a Helô pela Britney!

O espírito perigoso do velho Noronha estava presente, porque dona Elvirinha, diante de uma risadinha de desenho animado da Mana, falou assim:

– Troca nada! Você está é apaixonado pela Helô.

Abri a geladeira, peguei minha água e voltei para onde não deveria ter saído naquela hora. E, estirado na poltrona, repentinamente me achei imerso em pensamentos coligados ao destino infeliz da cantora americana. Desconfio que Helô viva uma situação de submissão à sua parceira de negócios, a doutora Aglaé. Ela cita, a todo momento, o nome da advogada. Longe de mim suspeitar que a submissão tenha outro caráter que não seja o profissional, apesar da aura que envolve o nome da advogada em matéria sexual. Acho que há, da parte de Helô, uma reverência demasiada a Aglaé, nascida da diferença de idade das duas amigas e da experiência de vida da advogada, dona de uma extensa estrada forense e no campo dos negócios financeiros.

Preciso conhecer essa Aglaé.

ME VEM DE NOVO o Vitório Magno ao telefone com as chateações de costume. Disse que preciso me atualizar na vida política do país, que o Bolsonaro está realizando um grande governo, que a volta do Lula ao poder é um perigo para a democracia, que os juízes do Supremo Tribunal já estão passando da conta, que a Globo está amesquinhando a política econômica oficial e exagerando na "homossexualização do mundo".

– As novelas de todos os horários estão cheias de Libaninhos – disse o Vitório, numa referência ao personagem homossexual e carola de *O crime do Padre Amaro*.

Aproveito qualquer deixa para espicaçá-lo:

– Pois aí está! Se o Eça de Queiroz, no rabugento século XIX, já inseria os homossexuais na vida social, merece todo o nosso aplauso.

Reagiu:

– O Libaninho acabou no colo de um sargento na praça de Leiria!

– Era noite, Vitório, não exagere. Nem tinha luar.

Ele não percebeu a provocação:

– O nosso Machado, por muito menos, meteu o pau no Eça! Depois fizeram as pazes, mas ficou para a História a paulada no romancista lusitano.

SE EXISTE UM SUJEITO que deveria ver com naturalidade a vida dos homossexuais, eis o Vitório Magno!

A família dele os tem em tradição genética e literária. A começar do tio, o dolente poeta parnasiano Penafiel, de quem o pai de Vitório, outro irascível de Campos dos Goytacazes, proferia os mais horríveis adjetivos para qualificar o sobrinho. A família era rica, do pessoal do açúcar, e não houve condenação pública, como aconteceu infelizmente a outros rapazes sem brasão. O Penafiel, de muita cultura, depois acabou adotando como norma de vida o bissexualismo e não saía do *rendez-vous* de Madame Dadá, onde armava fuzarcas das boas. Foi morar em Paris, casou-se; o filho único, muito bonito (dele vi uma foto), trilhou como o pai, na poesia e na identidade sexual.

Não há família brasileira sem eles e sem elas. A minha, de origem italiana com elevado teor de preconceitos, só hoje pode contar a ousadia. Uma prima em segundo grau, a quem chamávamos tia, solteirona, leitora incansável dos romances clássicos ingleses, inaugurou galantemente a novidade nos anos 1940, tendo montado residência na bucólica Ipanema com uma professora de piano. Tia Emília era formada na Escola Normal, não trabalhava; o pai, jurisconsulto milionário, lhe custeava a existência feliz de diletante intelectual, generosa e culta. O casal era respeitadíssimo, contava-se aqui em casa. Tia Emília e a senhora Carlota recebiam gente da música, da poesia e do teatro; esses saraus não chegaram a rivalizar com o famoso salão literário do ilustre vizinho, o escritor Aníbal Machado, mas deixaram uma marca indelével na história dos Allardiato e na lembrança dos amigos daquele tempo. Quem entrasse na sala de visitas de tia Emília, veria logo no aparador uma fotografia enorme de Eleanor

Roosevelt, distribuída nos anos da guerra pelo departamento de relações públicas da Casa Branca aos admiradores da primeira dama. Só muitos anos depois é que fomos saber pelos biógrafos da notável esposa do presidente Franklin Roosevelt, que ela era lésbica, mantendo um caso estável.

Entretanto, Vitório Magno, em continuação ao seu palrar no telefone, me deixou preocupado com a afirmação de que reavaliou a impressão sobre a CPI da Pandemia. Preocupado fiquei, menos como cidadão, como deveria, mais como namorado secreto. É o amor, que se sobrepõe ao respeito à ética. Disse-me o Vitório que, de fato, há crimes encobertos, malversações de dinheiro público na aquisição de remédios e equipamentos, e que é uma balela a eficácia dos tratamentos sugeridos pelo presidente da República e que este "erra demais" em não apoiar a vacinação em massa.

– Este apoio deveria ser a primeira ação de governo para reabilitar a economia – sentenciou o antigo interventor na caderneta de poupança Marvel, que faliu fraudulentamente e Vitório a deixou mais pobre ainda, embora tenha acertado com todos os credores.

Mais do que isso, o que abalou o meu estado d'alma foi o Vitório Magno afirmar que "os gangsteres da indústria farmacêutica são capazes de tudo, até de matar inimigos e amigos também".

Pela primeira vez em muitos meses, não vou chamá-lo besta quadrada. Tenho medo por Helô.

O amor, como mostram as novelas, é uma entidade exagerada.

Recebi telefonema muito simpático de Helô, propondo um drinque no final do expediente caseiro dela. Agradeci, topei na hora. Fomos ao Belmonte. Conversamos sobre o que temos conversado: filmes, livros, antiga vida universitária, família. Mas percebi que ela queria dizer-me mais alguma coisa além dos temas banais. Como percebi? À medida que terminávamos o jantar (dividimos uma massinha), ela passou a mudar constantemente de postura na cadeira; parecia que buscava uma posição mais confortável. Vivi inúmeras vezes tais circunstâncias, em conversas vitais de negócios ou em situações de desconforto moral, com mulheres, com amigos, com adversários. Veio-me à mente (ao coração, melhor dizendo) que talvez ela gostasse de abrir seu pensamento sobre o destino de nossa relação pessoal. Quem sabe ela desejasse saber se existe um futuro promissor em nossa amizade? Quem sabe ela irá dizer que não se importa com a diferença de idades? Que o importante é o afeto?

Frustrei-me; não se tratava disso.

– Posso falar um pouquinho do meu trabalho atual? – ela começou, ao beber o cafezinho.

– Claro, Helô.

Pediu a minha "opinião sincera" sobre o doutor Bretas. Ora, já a tinha dado, dias atrás. Respondi o que já registrei aqui: trata-se de um advogado experiente na sua especialidade, Direito Tributário. Opera também na criação de *trustees,* que são fundos privados comuns sobretudo na Europa. São legais, desde que declarados. O nome do dono do dinheiro não aparece, só o do gestor do fundo, que fica como uma espécie de "laranja" legalizado. Foi o expediente usado pelo deputado Eduardo Cunha, condenado pela Lava-Jato, mas ele se ferrou porque não declarou a existência do *trustee* à autoridade fiscal no Brasil.

A explicação não foi suficiente para Helô; senti pela careta de desprezo que o seu coração pincelou no rosto delicioso da amada secreta. Então avancei:

– Olha, o Bretas já esteve sob o crivo de autoridades do fisco e até da Polícia Federal, por causa de contas abertas em paraísos fiscais para empresários brasileiros, mais ou menos enrolados em negócios nebulosos. Coisas do Panamá e Bahamas. Teve algum registro na imprensa, mas pontos cruciais ficaram sob sigilo, como sempre acontece.

Ela se abriu:

– Fiquei muito aborrecida no último encontro com o Bretas e com o meu cliente, que também se serve dos serviços dele. Não posso entrar em detalhes, por motivos éticos, você me compreende, Toninho?

– Compreendo, Helô. Você pode me dizer pelo menos em tese o que lhe aborreceu?

– São questões éticas. O Bretas e o meu cliente desejam caminhos com os quais tenho dúvidas legais.

Silenciou, lançou um olhar para a mesa e disse:

– Vamos embora?

– Você não quer se abrir mais, Helô?

– Deixa estar, foi apenas um desabafo. Obrigada por me ouvir.

Ainda tive um corisco de coragem para dizer ao meu amor secreto:

– Se tem dúvidas éticas, tire-as na lei. Ou com um padre. Mas que não seja o Padre Amaro...

Ela sorriu, fiquei na dúvida se tinha lido ou não o Eça que está sob severo crivo do Vitório Magno por conta do Libaninho. Um dos alvos prediletos do meu amigo são aqueles que não leem pela cartilha sexual dele, ou do educador sexual de nossa puberdade, o padre João Mohana.

Levei-a à porta do seu prédio na Machado de Assis. Fomos de braços dados, como os casais amigos no tempo do romancista do Cosme Velho e também o do Eça de Leiria. Eu preferia que fôssemos de mãos dadas. Ela não deu chance.

Deu-me na telha de voltar ao assunto não resolvido do cafezinho; por isso a retive mais um instante na despedida:

– Olha aqui, sobre o Bretas. Se a questão lhe é pertinente, lembre-se de que você tem dupla nacionalidade. É cidadã suíça, com passaporte e tudo. Abra uma conta na Suíça, cuja lei é muito protetora dos seus nativos.

Na verdade, o que eu desejava mesmo era retê-la à minha frente, embora estivéssemos separados pela grade do portão.

Pareceu-me que ela levou um susto com o tema a destempo. Respondeu-me com um sussurrado "ok".

As grades, desde sempre, separam os amantes. Até mesmo os do meu tipo: amante secreto.

COM A CHEGADA DOS ANOS, aprendi uma lição: aos setenta anos não se deve fazer duas ações ao mesmo tempo. Ou bem se fuma um charuto, ou bem se lê o jornal. Se contrariar essa lei física, a cinza acaba caindo na sua calça, ou pior, no tapete, e toma-se bronca pelo desleixo. O caso de hoje foi terrivelmente pior. Eu ia telefonar para Helô quando entrou no WhatsApp um filmete pornográfico da besta quadrada do Vitório Magno; bem o desfrutei, pois tratava-se de uma linda morena que acariciava deliciosamente suas partes íntimas. Ora, não devo ter fechado a mensagem, e, ato contínuo, ansioso em ouvir a voz da amada secreta, digitei no *procura* o nome de Helô, para efetuar a ligação. Resultado: a mensagem foi enviada antes do meu telefonema. Tendo percebido, graças a Deus, a vergonhosa ação, desliguei o telefone em meio à chamada. E escrevi rapidamente a Helô um alerta pedindo-lhe que não abrisse a mensagem, pois tratava-se de pornografia enviada por engano. Depois telefonei e ainda tive de mentir:

– Ô Helô, eu ia mandar para um amigo que aprecia esses filmes inocentes. Por favor, não abra a mensagem e me perdoe!

– Vou deletar, fique tranquilo. Mas você está dizendo que são pornografias inocentes...

– Sim, inocentes; mas não abra a mensagem, peço-lhe.

– Não abrirei.

Quem me garante que a curiosidade não venceu a promessa?

Meu receio é que Helô, vendo o filmete, possa imaginar que tudo isso foi de caso pensado, para eu transmitir-lhe as minhas fantasias sobre sua pessoa, sem incriminar-me diretamente.

Uma raiva incomensurável da besta quadrada do Vitório me abateu. Que eu tinha de ver aquelas cenas deliciosas da morena? Um setentão sem-vergonha! Que diriam meus professores do internato? Padre Quirino! Padre Leonardo, tão compreensível com meus pecadilhos, jamais imaginaria que o menino fosse se transformar num pornógrafo. E um pornógrafo que não sabe conciliar duas ações físicas corriqueiras, como digitar no celular e tirar baforadas do charuto.

A cinza já caiu no tapete, me alertou dona Elvirinha convocando-me à mesa de almoço. Bife à milanesa com salada de batata e maionese.

– Está emburrado, não gostou?

– Oi, Mana, lindo prato.

– E por que essa cara fechada?

Narrei o caso do envio do filmete obsceno, culpando-me do equívoco.

– Sempre lhe digo que o Vitório não presta. É igual ao Choppart, só pensa em sexo – disse a inimiga figadal de meu amigo preso no Petrolão.

Dona Elvirinha escutava em silêncio. Raramente se intromete em assuntos dos irmãos. Desta vez, porém, ousou quebrar o seu silêncio obsequioso:

– Seu Toninho, não se aborreça. A Helô é uma boa moça e vai aceitar as suas desculpas.

– Tomara! – disse a Mana. – Mas, que ela abriu a mensagem, ah! Isso abriu mesmo.

– Você acha?

– Claro! A curiosidade é maior que qualquer outra força humana e animal. Ainda bem que assim o seja, pois do contrário não haveria grandes descobertas científicas na civilização, nem eu teria encontrado o brinco que há meses perdi – disse a filósofa.

– Brinco? Que história é essa?

– O Gato de Botas, tendo visto um objeto que brilhava debaixo da vitrine das comendas de papai, teve a curiosidade de ir ver do que se tratava, e iniciou uma brincadeira de chutar o brinco na sala de visitas. Eu vi a cena da poltrona.

Dona Elvirinha quebrou novamente o costumeiro silêncio:

– Pois eu não tive curiosidade nenhuma de continuar a ver uma mensagem que o seu Toninho me enviou há dias. Era a do papagaio da cozinha da Ana Maria Braga, mas em vez de aparecer a comida que ela preparava, apareceram as nádegas de uma mulata, e uma voz de homem dizia: "Olha que lombo gostoso!".

Baixei a cabeça. Mas percebi que a Mana me lançou um olhar de censura, como a obrigar-me a uma retratação. Foi o que fiz:

– Enviei errado, dona Elvirinha. Peço-lhe desculpa. Ainda bem que a senhora não viu o filme todo. Coisas do Vitório...

E retornei ao escritório, para as minhas mais profundas conjecturas sobre Helô.

De qualquer modo, mais um dia de vitória sobre a pandemia.

O HOMEM QUE PRAGUEJOU contra a lotérica da rua do Catete, afirmando que era um ninho de bruxas e que daquele mato não sairia coelho, queimou a língua no sorteio da Quina.

Foi a boa notícia trazida agora de manhã pela Albeniza, a manicure cujo salão situa-se na galeria da lotérica. Albeniza aparece todas as semanas aqui em casa para fazer as unhas das mãos e dos pés da Mana e da Elvirinha. É um cuidado vital para a saúde das mulheres, mesmo que elas não possam gozar das liberdades de recreio proibidas pelo distanciamento social. O melhor predicado da Albeniza, no entanto, não está propriamente na *expertise* de sua profissão, mas no seu silêncio. Albeniza é silenciosa. Se algum dia eu tiver uma leitora deste diário, gostaria que ela me dissesse se conhece uma manicure que possa aparar a unha do dedão do pé de um monge de mosteiro devotado ao silêncio. Albeniza pode. Senti a presença dela no silêncio matinal do apartamento. Nem ela, nem as duas palradoras da família emitiam sons quando me levantei para ir ao banheiro. Sou o único morador que não goza da mordomia de um banheiro no quarto, até o Gato de Botas o tem: no armário de guardar aspirador de pó e cuja porta à noite não pode ser fechada, existe uma caixa de areia. Já eu tenho de atravessar o corredor dos quartos para as abluções. E lá senti logo o perfume que acompanha Albeniza – ou que se adianta à presença dela. É um fixador de cabelo que faz questão de agredir narinas. Já lhe pedi algumas vezes que jogue essa besteira porta fora, mas não há jeito. Paciência. As três mulheres estavam esparramadas na biblioteca. Albeniza só quebrou o silêncio porque eu lhe havia contado a encrespação do bêbado do Detran com as meninas da lotérica. Albeniza então pediu licença para contar-me que a galeria da rua do Catete amanheceu hoje com uma enorme faixa em frente à lotérica; anunciava que a aposta premiada com dois milhões, quinhentos e sessenta e dois reais foi feita por uma das simpáticas moças de bermudinhas que as deixam com as deliciosas coxas de fora.

    Dei uma gostosa gargalhada no corredor. Eu não teria sabido do milagre se tivesse evitado expor minhas narinas ao fixador usado pela Albeniza, porque, sem eu surgir na biblioteca, ela jamais iria contar o caso para a sua cliente. Com essa notícia tão surpreendente da loteria, nem pensei mais em Helô. Voltei ao banheiro e desfrutei da alegria do ganhador desconhecido da Quina. Daí, cheguei ao conto de Machado de Assis. E retornei à biblioteca, para lembrar às mulheres o episódio narrado em *O escrivão Coimbra*. O bom Coimbra, já entrado nos anos, há muito tentava a sorte grande na Loteria Nacional, perseguindo-a fielmente com o número 2981. No Natal de 1898, resolveu mudar de tática e comprou o bilhete que o cambista lhe ofereceu. Foi premiado com 500 contos de reis. Doou cem contos para a Irmandade de São Bernardo. O bom homem morreu dignamente no ano seguinte.

    Mana levantou-se da poltrona e me achou o conto, que li há anos e que dormitava na memória. Machado de Assis escreveu na abertura um trecho que eu gostaria de esfregar na cara do mal-humorado que praguejou contra a lotérica da rua do Catete: "Todas as coisas podem falhar neste mundo, menos a sorte grande a quem compra um bilhete com fé".

    Muito diferente da Albeniza é a Siamara cabeleireira, que lava os cabelos da Mana e de dona Elvirinha lá na cobertura, onde improvisaram pia, jato d'água e cadeiras. A Siamara tem vozeirão de acordar os prédios vizinhos. Sua gargalhada, que me deixa alegre, é de cortesã medieval. Seus peitos, de amamentar rebanhos de ovelhas, lembram aquelas ilustrações extravagantes de Dubout no *Elogio da Loucura*, de Erasmo de Roterdã. E Siamara me aparece sempre de bermuda curta, às vezes de avental branco por cima, atirado fora logo ao se instalar na cobertura, para exibir suas coxas vigorosas de balzaquiana feliz da vida. E o perfume dela é bom. Mana fica de olho em mim, como se fosse um bispo cultor da Regra, fiscalizando um frade salaz de monastério devasso no tempo da peste.

Encontrei na portaria o Jonny (ele me soletrou o nome assim, embora pronuncie o jota à inglesa; não sei se a culpa é do pai analfabeto ou do escrivão igual). O Jonny é filho do sibarita do Almeidinha do quinto andar. O bisavô, homem austero, era capitalista, amigo do presidente Campos Sales; o avô foi industrial, auxiliador da Santa Casa de Misericórdia, amigo do meu pai. O pai do Jonny é o Almeidinha que nunca abriu a porta de seu automóvel, jamais carregou um pacote na vida. Desfaz-se de um imóvel por ano para custear a filharada e o *dolce far niente*. O Jonny e eu nos damos bem; quando ele era menino levei-o de carona algumas vezes ao Maracanã em jogos do Botafogo. É acadêmico de Medicina, trabalha agora como estagiário remunerado no Hospital da Cruz de Caravaca, aprende gestão hospitalar. Disse-me uma curiosidade: o patrão é empresário da hotelaria. Os hoteleiros estão diversificando no setor hospitalar.

– Como assim?

– É a mesma *expertise*. Quartos de hospitais têm a mesma gerência de quartos de hotéis. Alimentação, rouparia, mordomias para hóspedes e pacientes. Os donos só têm o trabalho de contratar as equipes médicas.

– Ora, maravilha!

– O próximo passo agora será o casamento da hotelaria com empresas de segurança, para administrar presídios – anunciou.

– Rapaz! Que doidice!

– Pois é, meu patrão disse que sairá mais barato para o governo. Já até enviaram um anteprojeto ao presidente Bolsonaro.

– Que coisa, hein?!

Jonny sabe enfrentar bem a pandemia. Vejo-o sempre na garagem, acompanhado de lindas garotas, nos fins de semana, indo para alguma praia praticar surfe. Chamei-o para longe do Josias Porteiro:

– Além do Belmonte, tem algum bar descolado aqui no Flamengo?

Gosto do Jonny porque há muitos anos não me chama mais de tio.

– Olha, Toninho, fui já duas vezes na Mansão Wayne, na rua Artur Bernardes.

– Mansão Wayne? Como nos filmes de Batman? – espantei-me.

– Exatamente.

– Pô, nome sugestivo. Dá para levar uma moça fina, executiva?

– Claro. O *barman* faz drinques clássicos que vocês vão adorar.

– Higiênico lá?

– Sim! Tira-se a máscara lá dentro. Não tem ajuntamento. Pode ir tranquilo.

Agradeci-lhe a sugestão; já me ia embora, mas ele me segurou:

– Olha, pode rolar por lá uma garotada que fuma baseado, muito discretamente, na calçada. Tem uma boca de fumo lá perto, cuidado. Mas isso hoje é de lei, né?

Estou preocupado com o silêncio de Helô. Associo o seu desaparecimento da minha vida ao que me disse Vitório Magno sobre os gângsteres da indústria farmacêutica, da rede hospitalar, dos importadores de equipamentos hospitalares fajutos. Telefonei para Helô duas vezes, ontem e hoje, uma ligação deu caixa postal e a outra tocou, sem atendimento. Será que ela se aborreceu com o meu terrível equívoco de enviar-lhe por engano o WhatsApp pornográfico? Pode ser. Mas também pode ser excesso de tarefas, ela tem feito dois voos semanais para São Paulo. Esse pensamento é reconfortante. Ela me disse há tempos que usa um segundo celular para as conversas de trabalho. Foi-lhe dado pelo cliente especial, o tal empresário de material hospitalar. Certamente Helô desligou o celular pessoal e tem usado o corporativo. Já agi assim muitas vezes no passado. Sabem por quê? Para fugir aos chatos!

Essa de me incluir entre os chatos de Helô doeu na alma. "Pô, esse velho tarado não me larga!", poderia ela ter me xingado assim.

E eu aqui, prontinho para levá-la a conhecer a Mansão Wayne.

UMA LETARGIA impediu-me de caminhar pelo Aterro. Nem tirei o pijama, nem fiz a barba. Sem vontade de nada, às 11 da manhã, bestando no quarto. Saudade de Helô, de seu cheiro bom.

Graças a Deus uma chateação substituiu o desalento: a besta quadrada do Vitório Magno ligou-me no momento exato em que eu ia chamar o fixo da residência de Hellen, para saber o destino de Helô.

A voz cavernosa falou-me:

– Eu sabia que você é um analfabeto que não sabe francês e despista no inglês para os trouxas. Sabia que você foi um advogado de porta de cadeia, cujo apelido em São Paulo era "Bacharel", porque nunca passou de um simples bacharel mal diplomado. Eu sabia que você foi um corretor de seguros destinado ao fracasso. Eu sabia que se não fosse a Mana, você estaria no purgatório das letras. O que eu desconhecia é que tenho um amigo ladrão de mulher!

– Que houve? – respondi, fazendo uma careta para mim mesmo. – Que violência é essa?

– Eu disse a você, como o Criador disse para Adão: você pode comer os frutos de todas as árvores, menos o da macieira! – vociferou a besta quadrada.

– O Senhor não disse isso, Vitório. O Gênese não diz qual era o fruto da Árvore do Bem e do Mal.

– O Criador pode não ter dito, mas eu lhe disse: era só a loura; a mulata e a morena são frutos proibidos! E você conspurcou o meu paraíso!

– Veja bem, Vitório...

Ele me interrompeu, e foi melhor assim, pois eu poderia dizer alguma inconveniência. Vitório prosseguiu:

– Você está banido do paraíso! Michele acaba de ser expulsa.

– Coitada, ela não teve culpa. Foi Adão quem desencaminhou Eva para a Árvore da Sabedoria.

– Árvore da Sabedoria qual nada! Nota zero para você, seu analfabeto! Logo hoje, em que ia lhe enviar outras duas garrafas daquele português caríssimo!

E desligou na minha cara.

Não, ainda houve tempo de me xingar de escritor de araque.

SAUDADES IMENSAS DE HELÔ. Teve de viajar a São Paulo. Fui ao bom sebo da rua Buarque de Macedo e comprei-lhe um *Dom Casmurro* em bom estado, sem rabiscos e sem páginas amarelecidas. Lembram que ela me disse um dia que o havia lido quando estudante, mas não se lembrava mais se concordava ou não com a possibilidade de Capitu ter posto chifre no Bentinho? Pois é, vai ter agora oportunidade de saber. Escrevi uma dedicatória neutra: "Para Helô, com sinal de amizade, oferece o Toninho".

Como o vendedor dissera que me daria um desconto se adquirisse outro livro, acabei levando um *Memorial de Aires*, assim, sem o y infelizmente desusado nas edições modernas. Não respeitam nem mais a identidade do sujeito! Uma vergonha essa ortografia oficial brasileira.

Mas, pensando melhor, não irei dar-lhe o *Memorial*. Ela pode tirar conclusões que não sejam do meu agrado. Por exemplo: achar-me que sou um Conselheiro Ayres, dado a amar platonicamente, a curtir nostalgia etc. Não, de forma alguma! Quero amar de verdade!

Enfiei o exemplar na prateleira do Machado, a mais deliciosa da biblioteca da Mana. Agora estão juntos, o *Ayres* e o *Aires*.

TUDO COMEÇOU na página 89 do *Tartarin de Tarascon*. Passava das dez horas da noite quando tocou o celular. Poucas pessoas têm intimidade para me telefonar a uma hora dessas: além da besta quadrada do Vitório, o querido Fran Gonçalves (anda muito angustiado com a situação dramática do mercado do livro no Brasil); o velho Noronha (para meter o pau no Bolsonaro); a Naná, irmã do Carlinhos Balzac; o péssimo pagador Orozimbo, que me deve prestações da corretora de seguros; e uns cinco ou seis primos espalhados no Rio, para noticiar eventuais acontecimentos fúnebres na família. Nem a Michele, amiga nova, ousaria tomar uma liberdade dessas: ela é educada. De modo que a ligação me perturbou quando eu, sentado na *bergère* sob a luz do abajur, bebia uns tragos de conhaque e lia a página 89 do livro do Daudet, velha edição da Coleção Saraiva. Era a mãe de Helô. Queria saber se a filha estava em minha companhia.

Eu disse que não. Ela então comentou que já havia ligado no celular da associada de Helô, a advogada Aglaé, e não conseguira contato, dava caixa postal. O mesmo acontecera nas vezes em que tentara falar com Helô. Então lhe ocorrera telefonar para mim, pois sabia que já tivéramos estado três noites no Belmonte, e hoje poderíamos ter repetido a dose de caipirosca de lima-da-pérsia; encontrou meu número na agenda caseira da filha. Disse estar "um pouco preocupada", pois Helô não lhe avisara de atraso, como é o procedimento usual dela. Respondi o óbvio: que não se preocupasse, isso é natural na vida de um consultor de empresas, de advogados etc. Hellen me desejou "boa noite, *mon ami*", e desligou.

A vaidade, essa desgraça da humanidade, agiu logo. Ora, se a mãe da minha namorada secreta me telefona para saber se a filha está comigo, é um bom sinal de que o caso de amor existe, mesmo que o namorado não saiba disso. A filha comentou com a mãe o seu amor, ou, no mínimo, a sua simpatia por mim. Concedi-me um sorrisinho de personagem mau-caráter de desenho animado. Imediatamente fechei o *Tartarin*, que ainda mantinha aberto sobre as pernas, levantei-me e fui ao carrinho de bebidas fortes na sala de visitas; renovei a taça de conhaque, apanhei um charutinho e voltei para a biblioteca, contente, quase soberbo. Desfrutei do D-4 cubano. Mas na quarta baforada, ocorreu-me pensamentos sombrios. E se não fosse o que eu estava pensando? E essas coisas que vemos nos telejornais? E a especulação de Vitório de que estamos lidando com bandidos na saúde pública?

Engoli de uma vez o conhaque; fui à sala para servir-me de outra dose. Depositei o charuto no cinzeiro, reabri sofregamente o *Tartarin de Tarascon* na página do marcador de leitura, na qual é narrada a ânsia do aventureiro francês de encontrar na perigosa Argel colonial a moça tão bela e parcialmente encoberta por um véu típico das mouras, pela qual se apaixonou à primeira vista a bordo de um cargueiro que o levou às costas da África. E reli, estarrecido: "Mas esse não é um caso tão simples assim! Encontrar de novo numa cidade de cem mil almas uma pessoa da qual só se conhece o hálito, as pantufas e a cor dos olhos, só mesmo um taraconês violentamente apaixonado seria capaz de tentar semelhante aventura".

Esse relato é do ocorrido ontem; agora de manhã, o caso piorou: telefonei para o fixo do apartamento de Hellen; ninguém atendeu; muito menos Helô em seu celular. E o Rio de 2021 é muito pior do que a Argel do século XIX! Corri à rua Machado de Assis: o porteiro me disse que a proprietária, dona Hellen, deixara o prédio de mala e cuia e embarcara no carro de um casal. Para onde? Ele não sabia.

HELÔ DESAPARECEU mesmo do mapa! Já se passaram quatro dias e nada dela. Ligo para o celular dela e nada acontece. Escrevo mensagens no WhatsApp e nada. E eu aqui, olhando, pensativo, para o *Dom Casmurro* embrulhado para presente.

Tem mais agruras: a mãe também sumiu, a Hellen! O quê? Sumiu? Sim, sumiu. Telefonei no fixo, não atende.

Pensamentos sombrios me arrastam para o abismo depois de consultar o *blog Ciclistas ao luar*. Noticiaram o atropelamento de mais um ciclista, agora na Oswaldo Cruz, à noite. A informação era plena de mistério, pois não esclarecia o sexo do atleta nem de qual clube pertencia o acidentado (a). A Oswaldo Cruz não é rota costumeira de Helô e do seu grupo, eles pedalam sempre pelos calçadões e ciclovias do Flamengo e Botafogo; só utilizam pistas de tráfego motor na ligação para Copacabana. Seja como for, a cabeça desses ciclistas me parece estar ligada ao mundo da Lua; apreciam o risco, imagino, e uma rota inesperada é sempre um desafio a ser vencido. Liguei para um celular que consta do *blog* dos amantes do selenismo, ninguém atendeu. Enviei mensagem de SMS, com as indagações pertinentes. Nenhuma resposta nas angustiantes horas de espera. Horas e dias. Fui à barraca do Gilson, perguntar por Helô.

– A moça do rabo de cavalo com a presilha azul?

– É!

– Aquela que está sempre com o senhor?

– É!

– Não a vejo há dias.

– Pô, Gilson, precisa desse suspense todo para me responder?

– Está estressado, hein, doutor? Calma, o mundo não vai acabar.

E dando-me as costas para abrir a geladeira, cantarolou uma estrofe de música sertancja:

– É o amor, é o amor...

– Vai te catar, Gilson!

Telefonei novamente depois do almoço para o fixo de Hellen, como tenho feito duas, três vezes ao dia. Nada. Mais angústia. O *site Notícias trágicas do Rio* noticiou o sequestro de uma moça de bicicleta, na altura da avenida Niemeyer. Ora, aconteceu na mesma noite do sumiço de Helô. Testemunhas disseram que os bandidos a colocaram no porta-malas de um carro roubado e fugiram na direção da Barra. Outros informaram que o bando e a loura, em trajes de ciclista, foram vistos subindo a rua principal de acesso à Rocinha.

– Será possível?! – espantei-me.

As palavras de Mana e de Elvirinha diante da TV que mostrava as perversidades de que foram capazes os envolvidos no escândalo investigado pela CPI da Pandemia ecoaram sombriamente no meu coração enamorado. E muito mais as de Helô, ao contar-me que havia se envolvido numa discussão grave com o seu cliente, o industrial farmacêutico, e o doutor Bretas, do escritório Bretas, Calamares & Maldívias Advogados Associados.

Fui novamente à rua Machado de Assis. O porteiro do prédio, depois de interfonar, informou que dona Hellen não estava em casa. Ela tem uma faxineira que trabalha duas vezes por semana, mas não a tem visto desde que a proprietária fora vista embarcando no carro com o casal.

Resolvi, a contragosto, compartilhar com Mana e dona Elvirinha a minha angústia. Até então nada comentara com elas. Mana, sempre racional, ponderou:

– Você está de caso com a Helô?

– Nunca acariciei nem as mãos dela!

– Então por que a preocupação? Ela não lhe deve satisfações.

Balbuciei:

– Mas sumir tão repentinamente... Ela e a mãe...

– Não me diga que está tendo um caso com a mãe dela?!

– Ora, Mana, faça-me o favor!

Mana fitou-me com um olhar inquiridor (suspeito que sejam trejeitos contraídos na leitura da biografia do Stálin):

– Então? Por quais motivos as duas teriam de lhe dar ciência de seus passos? Nem mesmo são amizades antigas!

– É verdade. Mas...

Dona Elvirinha, com sua sabedoria de ex-moradora do Morro do Curvelo e do favelão de Paraisópolis, acalmou o ambiente:

– Seu Toninho, não é nada de anormal. Conheci vizinhos que sumiram e de repente reapareceram. Os motivos do sumiço eram os mais corriqueiros...

– É verdade. Nunca demos pela falta do Deltán, do segundo andar. Quando fomos saber...

– Casou, mudou e não lhe convidou! – completou Elvirinha.

– E eu nem iria à festa, ele me sacaneava quando o Botafogo perdia.

Mana voltou à carga:

– Ainda se fossem o Fran, o Vitório, o velho Noronha, pessoas com as quais você tem convivência diária, aí sim, você teria com o que se preocupar... Mas a Helô e a Hellen, que nada lhe devem afetivamente de modo imperativo, e nem você deve a elas? Que bobagem, descanse, irmão! Elas passam muito bem, obrigado. Vai ler o *Tartarin de Tarascon*. E depois pegue *Os melhores contos policiais*, organizados pelo Flávio Moreira da Costa. Vai se deliciar.

NÃO ME DELICIEI com o tornedor servido no almoço. Mas estava uma delícia. Entrei em pânico desde a manhã de ontem. Helô, minha amada Helô, desapareceu sem mais nem menos aos 28 anos de idade. E sua mãe também! Ora, não é boa coisa. Eu tinha de agir. São seis horas da manhã de quinta-feira, estou acordado desde ontem às seis da manhã. Mas tenho um resto de ânimo para deitar no computador o que me aconteceu nas últimas 24 horas.

Às nove da noite, comecei com uns tragos esparsos de conhaque. Procurei, depois, na geladeira, a garrafa de vinho aberta no almoço (um saboroso *manicotti* enviado pela madrinha Norma), e que ficou a meia bomba. Vinho abre os neurônios. Sorvi o restante do conteúdo, duas taças gordas. Sentado na *bergère*, entrei a pensar. Servi-me de mais uma dose de conhaque, pois levei a garrafa para perto de mim. E então acudiu-me a ideia de uma pesquisa de campo. E decidi: vou à Rocinha, para encontrar uma pista da ciclista sequestrada!

Convocaria o Josias Porteiro como guarda-costas? Ou, quem sabe, o motorista-segurança do Vitório Magno?

Não, não podia abrir tanto a guarda, acabaria por revelar o meu amor secreto. Eu iria só. Há trabalho também na vida ociosa!

Quem já leu o *Tartarin de Tarascon* pode ter uma vaga ideia do tamanho da minha desolação pelo sumiço de Helô. O rabugento francês endoidecido de amor na perigosa Argel, reduto de malfeitores, à procura de sua amada Baía, encarnou em mim. O Tartarin do Rio estava desprovido de garruchas e bacamartes como o personagem de Alphonse Daudet se tinha armado para enfrentar as ruas tortuosas, sombrias e misteriosas de Argel; mas havia o binóculo miraculoso de que me falara outro dia o Almirante Noronha. Ao transitar pela sala, deslumbrou-me o carrinho de bebidas quentes. Tomei duas talagadas de uísque, para me dar ânimo, como John Wayne sempre fez. E desci ao apartamento do querido vizinho para requestar os dois olhos que tudo veem no escuro de noite sem luar, e ainda fornecem ao usuário a distância do alvo em milhas. Encontrei-o lendo as *Meditações*, do imperador Marco Aurélio. Pedi-lhe emprestado a novidade tecnológica.

– Ô Pirralho! E você sabe converter milhas em metros? Você sempre ficava em segunda época nos exames finais de Matemática.

Despistei a minha ignorância:

– Qual o botão da lente *zoom*?

O Almirante mostrou-o e gritou para dona Lucy:

– O Toninho vai espiar as vadias com o binóculo de visão noturna!

Lá da sala de TV, a simpática senhora admoestou o marido:

– Não implica com o Toninho! Deixa ele fazer o que quiser! Ele é "bonito e é solteiro, como o brigadeiro" – cantarolou dona Lucy.

Só os muitos antigos lembrar-se-iam do bordão da candidatura presidencial do brigadeiro Eduardo Gomes, em 1945, para usar como chiste em pleno século XXI.

O Almirante retumbou as palavras da esposa:

– Ainda não tínhamos idade para votar, mas nossas famílias votaram no marechal Dutra! E olha que o brigadeiro morava aqui ao lado.

Respondi:

– Lembro-me muito dele aqui na calçada, com o doutor Prado Kelly e o governador Carlos Lacerda, nos anos 60 e 70 – respondi. – Era sisudo, mas a História lhe quer bem.

– Isso quem pode dizer sou eu, Pirralho! Contente-se com o binóculo infravermelho e faça bom uso dele – despachou-me o Almirante porta fora. Mas notou algo diferente do costume, além da minha agitação motora:

– Você bebeu uns tragos, né?

– Inspiração, Almirante, preciso de inspiração...

Voltei ao meu andar. Pelo sim, pelo não, apanhei na gaveta do meu birô o velho canivete suíço, presente de aniversário de 1985 do saudoso doutor Clodoaldo, grande criminalista, que salvou meu amigo Choppart de passar uma existência em Bangu I por suas malfeitorias no Petrolão. Em seguida, ocorreu-me uma ideia que considerei excelente para a empreitada: fui procurar no armário de roupas esportivas um boné amarelo oferecido pela patrocinadora de um torneio de tênis a que compareci. Isso tem mais de quatro anos, fui levado pelo saudoso Carlinhos Balzac e pela besta quadrada do Vitório Magno, mais para bebermos e azarar a plateia feminina, pois jamais fomos tenistas.

Nada falei à Mana nem à Elvirinha sobre os meus propósitos. Elas me impediriam, me tachariam de doido varrido, Mana me cobriria de adjetivos ridículos.

Passava das 11 da noite quando deixei meu quarto. Mas voltei, já me ia esquecendo dos remédios noturnos dos setentões. Para dormir, para colesterol, para impedir o refluxo, para não sei o quê. Já havia ingerido um deles, faltavam outros três. Ou dois? Ou três? Quais? Nem os sabia mais! Engoli os que estavam à mão, na mesinha de cabeceira.

Ao percorrer o corredor dos quartos, deparei com dona Elvirinha fazendo reverência votiva diante da gravura da Fortaleza de Santo Ângelo. Rezava em silêncio para São Gregório, o papa a quem Santo Ângelo apareceu ali para lhe conceder o poder de acabar com a pandemia que devastava Roma. Há dias passei a ter idiossincrasia com a minha gravura do castelo romano, tão apreciada! O nome da fortaleza me recorda o tal Angelo sem acento circunflexo, que presumo deter a chave do coração de

Helô, apesar de residir tão distante do Flamengo, do Rio, do Brasil. Deixa-me mortificado esse raio de Angelo sem acento circunflexo! Ainda passei pela saleta de TV, e vi a salva de prata com os remédios da Mana. Achei que fossem os meus também e os ingeri, disso me lembro, pois não estou caduco.

Agitado, embarquei num táxi na porta da farmácia, onde havia entrado para comprar um *drops* de hortelã a fim de amenizar a ansiedade e o bafo de onça notado pelo Almirante.

– Vamos à Rocinha! – comandei, decidido.

O motorista torceu o pescoço para me encarar no banco de trás. Antecipei-me à curiosidade dele:

– Fique tranquilo, vou saltar antes. Perto da passarela, eu desço.

– É perigoso o lugar, hein doutor?

– Que se há de fazer? Tenho que trabalhar.

O taxista me admirou uns instantes; notou o binóculo enorme dependurado no meu peito sobre o casaco de couro preto:

– O senhor é da polícia?

– Não, sou fiscal da Oi, vou inspecionar uma antena de celular.

– Ah, bem.

No caminho, olhou-me umas três vezes pelo retrovisor. Bom motorista, desconfiado. Tomara que sempre aja assim, para evitar imprevistos.

Como combinado, desci perto da passarela. Confundi-me no momento de pagar a corrida. Achei que a nota de cinquenta era de cem.

– A de cem é azul, doutor.

– É mesmo! Que besteira!

Além do que registrou o taxímetro, dei ao motorista a nota de 100. Trocamos nossos números de telefone e pedi-lhe que parasse por perto. Eu o veria ou telefonaria, para regressarmos ao Flamengo.

– Se em vinte minutos eu não voltar, o senhor está liberado e os cem pagam a sua espera. Combinado?

Tirei do bolso o boné da Oi e tapei a calva. Eu era todo uma agitação mental.

Escalei a passarela, para ter um panorama amplo da Rocinha. Apontei para o alto do morro o binóculo e pesquisei nervosamente o cenário. Potente acessório militar! Acionando a lente *zoom*, penetrei em casas iluminadas, flagrei pessoas galgando escadarias e, nas janelas, moradores aparentemente felizes naquele começo de madrugada. Não converti a milhagem em metros... Apurando os ouvidos, atinei para os ecos de música ao longe.

Caminhei em direção à via principal da subida da Rocinha. Um turbilhão de pensamentos. Terei a coragem de um Tartarin em Argel? Levarei adiante a busca à minha Baía?

Entrei numa lanchonete, para me ambientar no clima de meus pensamentos sombrios. Pedi uma Coca-Cola, retirando a máscara para os frequentadores me verem de cara limpa. Estacionei-me na porta, com a vista para a rua em aclive. Um rapaz que bebia cerveja em pé lançou-me um olhar curioso. Entendi como um aviso oculto: não devo usar o binóculo, a curiosidade pública pode ser uma ameaça ao Tartarin do Aterro. Melhor eu dar uma justificativa para o bizarro aparelho. Retirei do bolso o meu celular e, fingindo testá-lo, falei para o balconista:

– O sinal foi interrompido aqui?

– Não senhor, não notei.

– Ah, ainda bem. Vim inspecionar aquela antena ali; mas vejo que não é necessário, pois a conexão telefônica está boa – escandi bastante as palavras, para o rapaz que bebia cerveja escutar alto e claro.

– Olha, tem coisa errada na minha conta mensal – disse o rapaz da cerveja.

– Sou da área técnica, amigo. Mas é um problema de solução fácil: ligue para a ouvidoria da operadora e lasca o fumo.

– Ah, já liguei muitas vezes! – respondeu desalentado.

Mais dois rapazes vieram se queixar com reclamações do mesmo teor.

– Olha aqui o meu protocolo, doutor.

– É um absurdo. Lasca o fumo neles!

Ufa! Deixei a lanchonete, sob o olhar atilado da clientela. Não sei avaliar se disfarcei bem. Já o de Tarascon nem usou disfarce ao procurar freneticamente sua amada em Argel, e trilhou os becos perigosos da cidade colonial com sua espada e suas armas de fogo à vista de todos. Quanta ousadia!

Avistei o táxi. Enquanto telefonava para o motorista, levei nos ouvidos uma buzinada de um mototáxi que trafegava em alta velocidade na pracinha. Escapei por um triz.

Minha noite de Tartarin de Tarascon acabou aí. Não me peçam mais detalhes, leiam o Alphonse Daudet, irão se divertir, com proveito, das tontices da inigualável personagem da Literatura Francesa pouco lida hoje em dia; e o pouco, deve-se à Mana.

São sete da manhã. Vou desligar o computador e dormir profundamente a minha saudade desesperada de Helô.

Os ÚLTIMOS ACONTECIMENTOS registrados neste diário datam de sete dias atrás. Dormi profundamente mesmo. Teve até junta médica aqui em casa. Disseram-me que surtei e tive coma alcoólico, tudo junto e misturado. Escreverei com base no relato da Mana e da Elvirinha.

Como não saí da cama na quinta-feira, e nem acordava, houve agitação na casa. Cogitaram levar-me para o hospital, mas depois a Mana, vendo que eu ressonava e tinha pulsação, achou melhor convocar os médicos de família: vieram o doutor Menelick Filho e o doutor Souza Coelho, cujos pais foram amigos de meu pai. Ambos têm minha idade. Apareceu até o terceiranista de Medicina Jonny, o do quinto andar, para auxiliá-los, pois viu a ambulância na porta do prédio. Na enfermagem atuaram as mulheres da casa, notadamente Elvirinha. Fui submetido a lavagem estomacal, aplicaram-me injeções disso e daquilo, até armaram uma mini-UTI no quarto. Fui despertando aos poucos, sob o olhar vigilante das mulheres e do cardiologista e do clínico geral. Mana contou que quando abri os olhos, no sábado pela manhã, e os doutores sentiram firmeza no Toninho, ocorreu o primeiro diálogo. Foi assim:

– Que fez você? – inquiriu a Mana.

Estremunhei:

– Nada, não.

– Você tomou meus remédios?

– Eu? Não.

– Eles desapareceram; e a salva de prata estava em outro lugar – disse a Mana.

– Ah! Foi o Gato de Botas – acusei.

– Ah! O gato comeu! – pilheriou a inquisidora.

– Ele subiu na mesa e derrubou-os ao chão. Atirei-os na privada – defendi-me.

Diante da resposta, Mana fez uma cara de poucos amigos. Virei-me para o Menelick:

– Afinal, o que eu tive?

– Você escapou de uma intoxicação medicamentosa, coma alcoólico e ingestão de substância narcótica – esclareceu o médico, amigo de juventude.

– Jura?

Mana, irritada, interrompeu o diálogo:

— Pare de usar essas expressões juvenis – "jura?" – que não combinam com homem de sua idade. Pegou a mania da Helô?

Não vesti a carapuça. Perguntei ao médico:

— Fala sério: fiz isso tudo?

Mana, finalmente, sorriu; e respondeu pelo Menelick:

— Fez tudo isso. Fumou um baseado na calçada, me contou o taxista. Não sei se cheirou também, porque esteve num ponto do tráfico nos altos da Artur Bernardes.

— Misericórdia! Você sabe que não sou disso.

Mana reencontrou o seu verdadeiro espírito:

— É no que dá ficar ouvindo no celular a "Boate azul" e assistindo à *Família Soprano*... Mas neste aspecto perigoso você está em boa companhia: li que o nosso antigo vizinho, o governador Carlos Lacerda, cheirava cocaína.

O doutor Menelick deu um pulo da cadeira:

— Verdade, Mana? O Lacerda?

— Está na biografia de Roberto Marinho, escrita por Leonencio Nossa.

Levantei-me do travesseiro:

— Lacerda foi um grande escritor. Sempre estive em boa companhia, Mana.

— Nem sempre esteve! – respondeu com secura.

(Mana nunca engoliu minha amizade com o Choppart, arrolado no Petrolão.).

O Menelick achou por bem a Mana não prosseguir a CPI doméstica. Disse:

Vamos continuar com o soro e mais tarde você vai engolir uma sopinha.

Fechei os olhos para dormir mais. Da cama, escutei o murmúrio vindo do corredor. Era o Menelick conversando com a Mana. Dizia-lhe:

– Esses incidentes têm ocorrido muito nesses últimos meses. São intercorrências da pandemia. O isolamento social é imperativo, mas é terrível.

À noite, depois da sopinha, apareceu o doutor Souza Coelho (meu querido colega de ginásio). Ele pilheriou:

– Que porre, hein garotão?

– Quem, eu?

– Você está um jequitibá – tranquilizou-me o cardiologista. – A vascularização feita há dez anos salvou-lhe a vida.

Com a saída do médico, Mana e dona Elvirinha passaram então a relatar a ocorrência, em conta-gotas, para não me assustar. Enquanto estive fora do ar, as duas detetives recolheram as informações sobre os meus passos na noite de quarta e madrugada de quinta-feira.

Na biblioteca, Mana encontrou uma garrafa quase vazia de conhaque e duas guimbas de charuto. Na sala de visitas, viram a garrafa vazia de vinho e, perto do telefone, no chão, minha carteirinha de cartões de crédito. Recolheram a bandeja vazia dos remédios. Na cozinha, duas latinhas de cerveja. Entrementes, durante o coma alcoólico, o Josias Porteiro apareceu duas vezes. A primeira, para dizer que o seu João Taxista do ponto da rua Tucumán apareceu para saber sobre o meu estado; aproveitou para cobrar gentilmente trezentos e trinta e dois reais das corridas dentro e fora do Flamengo (do Belmonte para o Mansão Wayne, dali para o Belmonte, do Belmonte para a Rocinha e de lá aqui para casa). Disse também que havia pago R$ 80,00 por dois conhaques no Belmonte. Apareceu também alguém da Mansão Wayne para tirar do espeto um pendura de R$ 280,00 em bebidas consumidas na boa taverna da rua Artur Bernardes. Incrivelmente sóbrio, eu havia deixado com o gentil caixa o meu endereço. Por falar nisso, o Jonny do quinto andar certamente soube da ocorrência médica pelo falastrão do Josias Porteiro ou viu na porta do prédio a ambulância que transportou a mini-UTI. É um rapaz de caráter: a consciência pode lhe haver apontado uma falha por me ter indicado a Mansão Wayne. Na visita que me fez no domingo à noite, sem a presença da Mana e da Elvirinha, me disse que acha que os rapazes com quem me entreti no bar me "deram" um baseado para fumar. É mesmo um bom camarada, o Jonny.

– Tranquilo, Jonny, tranquilo. Não me lembro se fumei ou não; mas se o fiz, não me deram, eu aceitei.

Mais tarde, em outra conversa, apurei:

– Mana, me esclareça um mistério: como entrei em casa?

– O porteiro da noite abriu a porta da rua para o seu João Taxista subir com você. Como a porta da casa não se tranca, você entrou...

– Sério, Mana?

– Está tudo gravado. Como não lhe aconteceu nada, não tive interesse em ver. E mandei o Josias apagar a fita.

– E como eu consegui escrever um relato dos acontecimentos, aparentemente sóbrio?

Mana sorriu:

– Você o diz: "aparentemente". De fato, não tem erros crassos de linguagem, só de pontuação, que corrigi. Não bisbilhotei, você deixou o computador ligado e nem fechou a tela do Word.

– Consertou cachorro com X? Obrigado, Mana.

– E você escreveu também que almoçou um *manicotti* enviado pela prima Norma.

Disso não me lembrava. A madrinha Norma foi minha "madrinha de carregar", como se dizia antigamente. Era uma prima em segundo grau, me carregou, bebê, na pia batismal, mas meus padrinhos foram meus tios maternos. Morreu de Covid no ano passado, solteirona, aos 96 anos, em sua mansão nos altos de Santa Teresa. Fiquei muito chateado, porque não a visitei quando ainda ela podia receber o primo distante de que ela tanto gostava. Foi a voz da consciência pesada que me fez mencioná-la.

Mana voltou a falar:

– Existe um estado pré-coma alcoólico em que a pessoa está "na lucidez da embriaguez". Tim Maia e Raul Seixas diziam isso.

– Puxa! Estou em boa companhia.

– Mas tem informações no seu relato que não são verdadeiras. Apurei com o seu João Taxista.

– Jura?

– Sim. Nem mesmo o nome do João você escreveu, deletou da memória. Disse "um taxista". E que o pagou. Não pagou. Deu para ele a nota do pendura da Mansão Wayne como se fosse nota de dinheiro. Você não bebeu uma Coca-Cola na Rocinha; o seu João, de longe, o viu beber duas latinhas de cerveja e um rabo-de-galo. E quando você deixou o bar, ele entrou por outra porta e pagou ao balconista. O pessoal do bar percebeu que o cliente com o boné da Oi estava pra lá de Marrakesh... Ainda bem que são pessoas de paz. E para finalizar, o seu João foi quem o salvou do atropelamento do motoqueiro.

– Puxa, Mana, desculpe. Desculpe, dona Elvirinha.

– Nosso Senhor Jesus Cristo seja louvado, Toninho!

– Amém!

– Papo encerrado – disse a Mana, sapecando-me um beijo na testa. Mas recuou, para acrescentar: – Noves fora o conhaque que você bebeu na casa do Noronha.

Elvirinha imitou a Mana, beijou-me e deixou o quarto.

Pela porta aberta, a vi fazendo o sinal da cruz diante da gravura da Fortaleza de Santo Ângelo.

NINGUÉM DO PRÉDIO tocou no assunto comigo. Recebi as visitas do Almirante Noronha, para "ver como ia o Pirralho"; e do Fran Gonçalves, para "ver como vai o amigo garotão". Nenhum deles emitiu uma palavra sobre o ocorrido, num silêncio obsequioso, como se diz nos romances antigos.

O Jonny do quinto andar apareceu, deu-me um abraço apertado, tomou-me a pressão. Disse-me:

– Quando você ficar zero bala, vou te levar numa parada boa em Angra, num iate.

– Como é isso?

– Tipo "lancha do Cabeça Branca" do WhatsApp.

Ri pela primeira vez na semana.

– E quem será o nosso Cabeça Branca?

– Meu patrão lá do hospital, o hoteleiro, gente fina.

Agradeci, quero muito ir, sim. Só tenho receio de celular a bordo, disse-lhe com um sorriso de desenho animado. Perguntei:

– E que meninas são essas?

– Lindas de paixão! Já chegam com atestado de vacina tripla e teste negativo de Covid. Um cara legal lá do Leblon manda as meninas de *van*.

– Ah, é um tal de Marcão, engenheiro?

– O próprio.

O financista Vitório Magno escreveu *Economia do prazer*, um estudo histórico sobre sexo e economia desde que o mundo conheceu o poder do dinheiro. Editado pelo Fran. Nunca li, nem a Mana.

Vitório soube hoje da minha desdita alcoólica, contei-lhe pelo telefone. Não contei a parte da Rocinha e não mencionei o nome de minha amada secreta. Só falei do porre monumental. Murmurei-lhe:

— Eu fiz como o personagem da música "Boate azul", que ouvi no seu carrão.

Vitório Magno, no telefone, agiu como um detetive de Hollywood age ao ouvir o relato de criminoso: sem xingá-lo de bandido, ladrão ou assassino. Quando inquire, o faz com precisão, telegraficamente, como fez o meu amigo:

— Você pegou mulher lá nessa tal Mansão Wayne?

— Não cara, lá só tem drinques e pratos deliciosos.

— Estava achando que ia ter um final feliz.

— E não foi feliz? Viajei e voltei, como o Alfred Huxley.

— Analfabeto! Aldous Huxley, o d'*As portas da percepção*. Se não fosse a Mana, você estaria no limbo da Literatura.

— É verdade.

— Passe bem, porrista de boate azul! — e desligou na minha cara.

À tardinha, bateu no quarto dona Elvirinha. Disse-me assim:

— A Mana lhe dá muitos livros, Toninho. Vou lhe dar este de presente.

E me deu a Bíblia Sagrada, capa dura, formato anatômico para não cansar as mãos, 106ª edição da Editora Ave-Maria, com fita durex na lombada.

— Mas é do seu uso cotidiano, Elvirinha — ponderei.

– Tenho outro exemplar, mais velho ainda, presente de seu pai na Páscoa de 1986. Comece pelo Eclesiastes, a parte mais bonita do Velho Testamento.

Li um pouco. Aprendi: "Tudo é vaidade".

COMEÇO O DIA com uma frase inútil: a vida ociosa infunde um permanente estado de disponibilidade, tanto para apreciar inutilidades nas redes sociais quanto para interagir com os inesperados acontecimentos do cotidiano, mesmo que eles não estejam na escala de suas prioridades. Outro dia foi o sumiço de Helô (continua prioridade) que me levou fantasiado à Rocinha; hoje é a aflição de Michele. Ainda bem que lhe dei o número do meu celular, pois imaginava uma revisita ao Leme. O caso é que a besta quadrada do Vitório Magno teve a covardia de dispensá-la do serralho do Leme. Mas isso não é tudo: ela foi demitida também do emprego de caixa no hortifrúti do Leblon. O chefe não gostou dos seguidos atrasos na chegada matinal da funcionária para o trabalho. Agiu corretamente; ela mesma, Michele, se penitenciou. Para completar seu problema, o autor do "Álbum de Gatas Disponíveis/2021", um jovem engenheiro desempregado e muito severo, retirou do álbum a foto da deliciosa Michele, isto é, demitiu-a, segundo ele, devido ao "mau procedimento profissional".

Tenho culpa no cartório. Michele não me acusou pelas suas infelicidades seguidas, a vida ociosa é que me acusa. E isto significa que Michele não conta mais com seus honorários alternativos. Pediu-me ajuda, conselhos. Ora, que posso fazer, além de enviar-lhe quinhentas pratas pelo Pix? Ela agradeceu; não se tratava de dinheiro, buscava dignidade. Passei o sumiço de Helô para o segundo lugar na lista de prioridades na minha vida ociosa.

Preciso ler mais Machado de Assis para escrever com elegância um substituto para a expressão "ficar pau da vida". É como fiquei, com o Vitório. Telefonei para a besta quadrada. Só me atendeu na segunda chamada. Expus-lhe o caso da Michele, sem adornos. Assumi a culpa, sem lhe pedir desculpa (ele que vá catar piolho) por ter avançado no fruto proibido. Falei-lhe:

– Pela nossa amizade de mais de cinquenta anos, peço-lhe: dê um emprego para a moça aí no seu colégio.

Ele bufou:

– O quê? Emprego para a Chocolate? Uma analfabeta? Você é outro Carlinhos Balzac, que encheu o colégio de imprestáveis?

– Ela tem traquejo, e não é analfabeta, tirou o segundo grau completo. E vai retomar o cursinho de inglês. Arranje um emprego pra Michele, de secretária ou de recepcionista. O colégio está abrindo uma filial na Lapa, vai precisar de gente nova.

– Você quer transformar a filial num lupanar? Quer uma "Boate azul" num colégio?

– Ela me garantiu que não vai figurar mais em álbum algum. Já ganhou dinheiro para comprar o seu Fiatizinho. Quer trabalhar, só isso. Seja um brasileiro generoso.

Silêncio nas ondas hertzianas do celular. Depois, um estouro:

– Em primeiro lugar, seu escritor safado! Ladrão de chocolate alheio! Porrista da Mansão Wayne. Advogado de meia-tigela! Vai tomar naquele lugar, vai!

– Vou sim.

Silêncio.

– Em segundo lugar, diz pra Chocolate enviar o currículo dela para a dona Carmem, do Departamento de Pessoal, pelo WhatsApp cujo número vou lhe enviar. E passe bem!

– Vou passar sim, Vitório... Digo-lhe outra coisa...

– O quê?! – esbravejou.

– Me manda mais duas garrafas daquele Alentejo. Vamos oferecer um almoço pelo meu restabelecimento. Virão o velho Noronha e o Fran, e o convido também.

– Quando será?

– Vou combinar com a Mana. Três garrafas, ok? Não, manda quatro que a Mana está bebendo mais do que nós dois.

– Vou mandar o chofer entregar uma caixa com seis.

"Vou mandar o chofer"! Todo mundo vai rir aqui no prédio ao ver aquele automóvel que mais parece carro funerário da *Família Addams*.

Uma besta quadrada, o Vitório.

Mas tem enorme cultura. Na primeira juventude queria ser seminarista. Seu tio poeta Penafiel o apelidou de "Julien Sorel", pelo caráter calculista, que então o sobrinho já demonstrava, como aquele rapazote do mato, criado por Stendhal em *O vermelho e o negro*. Vitório Magno queria ser padre "para pegar mulher", como confessou o próprio Sorel de Campos dos Goytacazes na noite em que bebeu cuba-libre com Carlinhos Balzac no meretrício de Madame Dadá. Mas Vitório não era camponês como Sorel, nasceu bem-nascido na riqueza da cana-de-açúcar. O dinheiro lhe deu cultura, a Igreja Católica pode ter perdido um outro Lutero ou um desses monges lúbricos de Boccaccio.

Vou segredar-lhes uma bizarrice que ocorre aos setentões. Trata-se da apropriação indébita de casos ocorridos nas nossas vidas em comum. É consequência da longa estrada percorrida. São histórias tão apreciadas, e tão repetidamente narradas, que um dia um dos ouvintes assume como seu o protagonismo delas. Não se trata de mau-caratismo, ou de plágio, ou de Alzheimer; ocorre que as vidas são tão entrelaçadas, que quem narra o fato lhe parece que o caso aconteceu mesmo com ele. Vitório Magno é mestre nisso. Penso ser uma forma de amor àquele que de fato é o protagonista.

Carlinhos Balzac contou em seu livro póstumo haver testemunhado o caso da deliciosa Laura com seu ex-marido, o famigerado Esmeralda, na fazenda deles, no Vale do Paraíba. O famigerado ofereceu a própria esposa ao Carlinhos. Ora, o fato aconteceu comigo, eu o descrevo bem em meu interrompido diário do tempo em que estava acamado de diverticulite e não tinha nada a fazer no meu ócio de doente em São Paulo. Pois hoje, não é que o Vitório Magno me disse que o caso aconteceu com ele? Vitório narrou a triste ocorrência com tal ênfase nas minúcias, que agora eu estou levemente propenso a crer que, de fato, não fui eu o protagonista da história: foi o Vitório Magno mesmo! Ou foi o Carlinhos Balzac? Isso tem mais de cinquenta anos!

Hoje, o Fran Gonçalves me contou uma história que suspeito ser outra boa apropriação do Vitório Magno. Trata-se da morte do poeta Schmidt em cama alheia, caso que escrevi no dia em que fui ao serralho do Leme. Fran esclareceu que esse caso é referido pelo jornalista Leonencio Nossa na biografia do empresário Roberto Marinho; e que, no Natal passado, deu o livro de presente para o Vitório e para a Mana (e ela o citou no dia em que me recuperei da grave intoxicação). A suspeita é: o Vitório disse a verdade sobre a compra do apartamento (do espólio de quem o oferecia ao recreio amoroso do poeta) ou gostou tanto da história que a incorporou ao seu inconsciente como memória de si, como vem fazendo com outras memórias alheias?

Daqui mais alguns anos, será o Gato de Botas quem derrubou mesmo os remédios da Mana da mesa da sala de jantar. E quem vai contar essa história será o Vitório Magno, pois ele adotou um gato do Aterro e adorou a história do meu tropeço no dia terrível do meu surto.

VIGÉSIMO DIA, HOJE, do desaparecimento de Helô. Pulei da cama sem a coragem de Tartarin; me sentia como o colegial tolo de antigamente que se enamorava: medrado, coração a mil, ao encontrar no recreio do colégio a sua eleita. Mas reuni forças capazes de me mover da cama. Já estou "zero bala", como diz o Jonny do quinto andar.

Corri à rua Machado de Assis. O porteiro informou que a senhora Hellen regressara ontem à noite, mas havia saído há pouco. Certamente fora ao hortifrúti da rua do Catete. Regressando à casa, pedi a dona Elvirinha para telefonar ao meio-dia no fixo da casa dela. Treinei-a o que dizer no telefonema:

– Em primeiro lugar, pergunte a dona Hellen se gostou do seu pavê. Fale de comidarias. Fale mal do Bolsonaro, ataque o alto custo de vida, conte o caso da Britney Spears. Só depois de um tempo pergunte pela moça da casa. Preciso saber onde está Helô, se vai bem de saúde, essas coisas pessoais. A Mana não precisa saber.

Graças a Deus, Hellen atendeu a Elvirinha.

O apurado: Hellen fora passar uns dias com um casal de amigos em Friburgo, para se espairecer do flagelo da pandemia. Helô encontra-se fora do Rio. Na noite em que Hellen me telefonou para saber se Helô se encontrava em minha companhia, a filha usou tanto, mas tanto, os dois celulares, que ambos os aparelhos ficaram sem bateria ao embarcar em São Paulo para o Rio; e, em aqui chegando, ainda teve que passar na casa da doutora Aglaé e não sei mais o quê. No dia seguinte, viajou com a advogada para Londres. E ela, Hellen, aproveitou a ausência da filha para aceitar o convite dos Margentallen para as feriazinhas em Friburgo. Desculpava-se por não ter me telefonado de retorno, aconteceu tudo muito rápido. Ainda sobre Helô: como o protocolo inglês de combate ao Covid está mais brando, as duas viajantes não precisaram ficar de quarentena no hotel, só fizeram o exame; e seguiram viagem, pois o destino final era outro. Muito estranho. Precisei esmiuçar mais o relato de Elvirinha. Fechamo-nos na biblioteca, para ela reproduzir fielmente a conversa:

– Dona Hellen me disse que a filha e a amiga iam para uma ilha. Falou o nome, mas não entendi. A senhora sua amiga tem um sotaque muito forte e o nome da ilha é complicado para mim. Até perguntei se iam de férias, para a praia, mas ela disse que não, era a trabalho.

Matei as duas charadas. A companheira deve ser a Aglaé, sua parceira no trabalho para o cliente da indústria farmacêutica. A segunda charada é a geográfica. Ora, se Helô me disse um mês atrás que estava trabalhando com o advogado Bretas, especialista na abertura de contas no exterior; se ela viajou para Londres, mas o destino era uma ilha, só pode ser algum paraíso fiscal das ilhas do Canal.

Besteira minha, atinei depois. Podem ser também ilhas muito mais distantes, como as Ilhas Virgens Britânicas, no oceano Índico, ou outras do Caribe. Dirigiram-se a Londres para facilitar a conexão aérea. Mas, por que Helô viajaria? Não haveria necessidade, o Bretas ou qualquer outro escritório brasileiro que trata de abertura de contas em bancos estrangeiros pode fazer tudo daqui mesmo, na base do telefone e do envio de documentos digitalizados. Se o cliente exigir sigilo, o escritório do Bretas possui equipamento de criptografia telefônica e digital para se comunicar com segurança com outro equipamento do mesmo tipo no banco contatado no exterior.

Ora, que perturbação na minha vida ociosa!

Que Helô faça o que tenha de fazer e volte logo!

Agora que o mistério do paradeiro de Helô foi desvelado, outra preocupação me afligiu: e se Helô foi se encontrar com o tal colega de turma da FGV que reside em Londres? Um dia ela me contou que teve só um namorado sério em sua vida, e foi esse rapaz, Angelo, "sem acento circunflexo". Meses atrás, quando ela chorou baixinho, na grama do Aterro, o causador foi o Angelo sem acento; ele comunicava-lhe que não voltaria ao Brasil tão cedo. E a boba chorar por causa de um Angelo sem acento circunflexo!

Se estou contando esse fato só agora, não é porque eu sofresse violenta emoção de ciúme ao referi-lo; é só para contrariar Machado de Assis no seu comentário ao Visconde de Taunay de que não apreciava escritor que contava tudo. É preciso contar tudo. Que isso fique bem claro.

Então, que o meu ciúme fique claro.

Após longo e tenebroso inverno voltei a caminhar com os amigos verdadeiros, o velho Noronha e o editor Fran Gonçalves. Que Helô qual nada! Ela que fique em Londres ou nos paraísos fiscais!

Foi o que desejei no despeito violento.

(Mas à noite, na janela da biblioteca, vasculhando o Aterro, senti que havia proferido um impropério de manhã.)

Avisei de véspera meus dois vizinhos que voltaria ao Aterro; marcamos para as oito horas na portaria.

Sol esplêndido!

Escrevi dois lugares-comuns, censuraria a besta quadrada do Vitório Magno sobre o "longo e tenebroso inverno" e a beleza do Sol. Que se lixe o Vitório. Li no livro de Josué Montello (*O presidente Machado de Assis*) que o fundador da Academia Brasileira de Letras fez usança de lugares-comuns em sua obra, e nem por isso ele deixa de ser o mais escorreito escritor brasileiro. Por que temer o uso dessas expressões verdadeiramente nacionais? Noronha e Fran concordaram comigo, pois as verbalizei logo ao abraçá-los e antes de cruzarmos as pistas em direção ao Aterro. Mas recebi uma dura censura histórica do exato Noronha ao atingirmos o Monumento aos Mortos da Segunda Guerra e darmos meia-volta, volver. O caso é que lhes contei o milagre do serralho do Leme, sem evidentemente entrar nos pormenores que resvalam para a cafajestice; mas revelei o nome do santo, já que vivo em contrariedade com o Vitório, cujo sexismo ambos os amigos conhecem. A censura do Noronha foi sobre o tratamento politicamente incorreto que dei ao onomástico do primeiro-ministro Brochado da Rocha, no intuito de descrever o meu estado de espírito quando Vitório mostrou-me o álbum delicioso.

– Olha, Pirralho, saiba que o doutor Brochado da Rocha foi um grande brasileiro. Valente, foi ferido na Revolução de 30. Muito estimado na política do Rio Grande do Sul. Professor de Direito Constitucional. Um vibrante orador. Como primeiro-ministro, sua ação foi no sentido de ajudar o Brasil a retornar à sua matriz republicana, acabando com aquela farsa de parlamentarismo. Morreu jovem, aos 62 anos.

E repetiu:

– Um grande brasileiro!

Escutei a lição, encolhido de vergonha. Enfim, quebrei o silêncio:

– Obrigado, Almirante, pela aula de História. Perdoe-me pelo simbolismo equivocado do nome do doutor Brochado; mas, creia, é como eu me sinto nessa pandemia horrorosa.

Noronha sorriu de soslaio, emitindo um "hum, hum", que entendi como puxão de orelhas final de um professor ao aluno travesso, mas também como sinal de aceite do meu arrependimento sincero. Entrementes, o Fran não estava nem aí para a lição de História:

– Pô, Toninho! Numa situação boa dessa e você se esquece de mim? Eu também preciso de um empurrão!

– Rapaz! Eu não podia chamar ninguém. O Vitório me pediu segredo de Estado – justifiquei, mesmo sabendo que a fala do Fran era apenas um chiste, ele é camisolão, fiel à mulher como o velho Noronha.

Mas a brincadeira do Fran acendeu no Almirante uma chama de falsa fúria:

– Vejam só aonde fui ancorar a minha corveta! O Vitório, quando vocês eram pirralhos, cantou a empregada lá de casa. E você, Pirralho, não ficava atrás dele. Agora, até o Fran pede uma carona no mulherio alheio. Conheço a folha corrida de todos. Vocês envergonham a nação!

Ainda bem que acabou por aí, eu poderia ter soltado mais a língua no caso do Leme e de suas consequências.

No restante da caminhada falamos mal do presidente da República. Na barraca da água de coco, o Gilson ajudou com palavrões. O Almirante opinou:

– Estão vendo? É a voz geral de revolta. Agora, sim, é o momento propício para a introdução do verdadeiro parlamentarismo no Brasil. Troca-se o governo incompetente, sem o trauma do *impeachment*.

MANA, AFINAL, ofereceu o tal almoço que inventei, mais para agradecer à besta quadrada do Vitório o emprego da Michele no Instituto Robespierre. Mas a anfitriã determinou que eu avisasse ao meu amigo que a reunião era em comemoração aos resultados positivos do Rio contra a pandemia.

– Um almoço libertário – decretou a Mana.

– Vamos comemorar a flexibilização dos costumes pandêmicos – acrescentei.

Ela estava realmente alegre. Depois de tantos meses, podermos viver momentos de confraternização!

Só faltava a Helô, Mana lamentou, querendo agradar-me. Eu engoli em seco minha saudade; ou o meu despeito, como queiram.

Mana propôs:

– Vou convocar o Josias Porteiro para fazer uma hora extra como garçom. Abriremos todas as janelas, não ligaremos o ar-refrigerado; retiraremos algumas cadeiras da mesa, para espacejar os convidados.

Tentei organizar:

– Somos quatro mulheres e quatro homens, sendo dois casais e quatro borboletas; eu farei par com a Elvirinha e você com o Vitório – falei.

Mana encrencou:

– Nem pensar! Não vou macular o meu almoço olhando para o Vitório. Fico diante de você, e a Elvirinha fica *vis-à-vis* ao Vitório.

E assim foi diagramado o almoço de domingo.

O Josias Porteiro vestiu seu conservado *smoking* do tempo em que foi garçom nos restaurantes do Ginástico Português e do Clube Naval, de onde o velho Noronha o retirou para dar-lhe moradia digna no térreo de nosso prédio e nos servir com dedicação exemplar (a excelente Lourdes, sua mulher, lava e passa para nós, para o Almirante e para o Fran, fazendo um ganho extra que rendeu à família automóvel e casinha em Guaratiba, onde nasceu o casal).

Logo ao sentarmos à grande mesa onde outrora a jovem Elvirinha reinava como copeira, e de há muito tem o seu lugar cativo ao nosso lado, a atenta senhora de poucas letras e muita inteligência foi logo dando uma estocada no literato Vitório. Ao modo Elvirinha, é claro: com sua voz calma, a sua ingenuidade que, sem intenção, pode chegar a esfaquear o interlocutor. O caso é que Vitório trouxera de casa, para oferecer aos comensais, seu terceiro estudo sobre Machado de Assis, bem editado pela gráfica do Instituto Robespierre, intitulado *O sineiro do Cosme Velho*. A partir de uma crônica famosa do escritor sobre o sineiro da igreja do Outeiro da Glória, Vitório gastou papel e tinta para as suas considerações (umas banais, como as do apaixonado autor deste diário, outras de refinado lavor, à *la* Josué Montello) sobre a obra do maior romancista brasileiro de todos os tempos. Elvirinha disse:

– Melhor, doutor Vitório, não seria dizer "O sineiro do Rio de Janeiro"?

Toda a mesa admirou-se do comentário e voltou as vistas para quem o proferiu. Vitório sentiu o reparo:

– Ouço sua crítica – disse com humildade. – Por que "de todo o Rio"?

Dona Elvirinha tinha a lição na ponta da língua:

– A Mana me disse que Machado de Assis foi o escritor que mais... Como é mesmo, Mana?

– O romancista que melhor retratou o Rio do seu tempo.

O editor e crítico literário Fran Gonçalves aproveitou a ensancha:

– Disse a verdade, Mana.

Vitório engoliu o naco do delicioso bacalhau e molhou o bico no excelente alentejano de seu "vastíssimo guarda-roupa", conforme gosta de dizer. E depressa concordou:

– Tem razão, Mana, tem razão dona Elvira. Preferi situar o Machado na sua ecologia urbana, o bairro onde viveu, amou Carolina e ali morreu.

Eu, que não sou besta, continuei calado. A minha intenção não era apoiar o reparo da Elvirinha, que considerei idiossincrático, mas deixar o Vitório sofrer um pouquinho.

Dona Elvirinha sentiu-se satisfeita com a aceitação geral de seu comentário. E, olhando ora para mim, ora para a Mana, ora para os convidados, puxou a recordação grata:

– Quando o seu Toninho e a Mana eram crianças e eu já era mocinha, uma vez a mãe deles parou o Aero-Willys de duas cores, o carro muito chique de dona Clara, na subida da rua Cosme Velho, e me fez admirar a residência de Machado de Assis. Ela não disse casa, disse: "É o chalé do Machado".

– Um absurdo terem demolido a casa – disse Vitório, sob concordância geral.

– No Brasil não se respeita mais a memória cultural muito menos a memória afetiva das cidades – opinou Fran Gonçalves.

Dona Lucy quis enveredar para outro lado:

– Mana, que automóvel lindo era o da sua mãe. Chiquérrimo, não era Noronha?

O Almirante, do alto de sua gávea, de onde admirava as batatas coradas, assentiu com um menear de cabeça. Mas, no fundo, não apreciou a frivolidade de dona Lucy.

A palavra continuou com dona Elvirinha:

– Os sinos da igreja da Glória continuam a repicar, como no tempo de Machado de Assis.

Dona Lucy espantou-se:

– Sabe que há muito tempo não os escutamos, não é Noronha?

O Almirante ponderou:

– Talvez seja pela posição das nossas janelas, o tráfego intenso...

– Ou pelo seu Beethoven diário, muito alto, não acha? – alfinetou, com uma risada graciosa, a mulher do velho Noronha.

O Corsário fugiu ao combate; enfrentava o lombinho de porco dourado ao molho de laranja, bispado de Cointreau.

Dona Elvirinha prosseguiu, e veio com histórias:

– Pois eu escuto diariamente os sinos do Outeiro. Lá da cobertura ouve-se melhor. Repicam de hora em hora. Conheci o último sineiro, chamava-se Sebastião, já tinha idade. Foi aposentado há uns dez anos, e o vigário instalou uma máquina que faz os sinos badalarem automaticamente.

Muita admiração nos convidados. Pela primeira vez, abri a boca:

— Dona Elvirinha, vocês sabem, é devota fiel da cristandade. Mas tem um viés muçulmano.

Parei a frase de propósito, fazendo suspense.

— Cruz-credo, seu Toninho! Muçulmana, eu?

— Um trejeito, Elvirinha, apenas um trejeito — e voltei-me para a mesa em geral: — Às vezes, dona Elvirinha sobe para a cobertura, na hora do repique da Ave-Maria, para rezar, com os olhos voltados para o Outeiro da Glória, assim como o muezim sobe para o alto do minarete e olha na direção de Meca. É um sinal de devoção, Elvirinha.

Sueli, mulher do Fran, intelectual íntegra, vigilante nos conceitos politicamente corretos, lembrou com propriedade a platitude muitas vezes esquecida nos dias que correm:

— Cristãos e muçulmanos estão certos na devoção, dona Elvirinha. Alá e Deus são o mesmo ser divino.

— Ah, é verdade. Deus seja louvado!

Vitório foi o que mais aplaudiu a fala de Sueli. Ela ajuda o marido na editora, lê os livros à publicação e escreve as orelhas. Não quero falar mal do Vitório, mas acho que ele espera uma boa orelha no novo livro sobre "o nosso Machado". É claro que Sueli irá escrever a verdade, o livro merece o encômio. Sueli pesquisa a vida do cardeal Eugênio Salles, antigo arcebispo do Rio, para uma biografia em que dirá a verdade: dom Eugênio salvou muitas vidas na ditadura militar, escondendo presos políticos num tempo em que era chamado de fascista por muitos esquerdinhas cariocas.

A comilança e a beberagem, como é sabido, misturam-se no estômago e ensejam num piscar de olhos a aliança do sacro com o profano. Sem querer, dei a deixa para o Vitório visitar o outro terreno:

– Amigos, vou comer mais uma peça do bacalhau – abri a boca bestamente. E me levantei em direção ao aparador.

Vitório fez o mesmo, mas estacou diante da mesa e exclamou:

– O Toninho, como sempre, muito guloso!

A Mana caiu na armadilha:

– Toninho? Nem tanto! Depois da diverticulite está comendo como um passarinho.

E Vitório:

– Qual passarinho nada! Guloso! Outro dia, imagine você, tirou da minha boca um torrão de chocolate – e abriu seus enormes beiços para a bizarra risada do Coringa.

– Verdade, Toninho? – quis saber a Mana.

– Foi com educação, me deu gula – arranjei esse despiste.

– Educação qual nada! Açambarcou o meu naco de chocolate.

E voltou a rir como o Coringa. Felizmente parou por aí sua mensagem criptográfica. Eu não canso de dizer que meu amigo é uma besta quadrada?

Percebendo que seu comentário no caso do chocolate passara da conta, Vitório Magno quis se recuperar com um elogio ao bacalhau dourado ao forno da Mana. Então eu abri a boca, para soltar o que guardei do mesmo bacalhau oferecido tempos atrás a Helô:

– O segredo, Vitório, é o alho frito. Tem de salpicar o bacalhau com uma porção infinitesimal de alho, para não neutralizar o retrogosto do vinho tinto.

A mesa inteira concordou. E sobraram elogios para o alentejano da adega da besta quadrada.

Vitório não perdeu a chance:

– Mana, querida! O bacalhau está superior àquele que é descrito primorosamente em *O primo Basílio* para o casal de amantes!

Minha irmã não gostou do elogio, ficou muda. E ninguém perguntou como era o bacalhau do Eça de Queiroz. Vitório Magno perdeu essa!

O porteiro Josias serviu a compota de goiaba em calda acompanhada de catupiry e uma esplêndida torta de maçã feita pela Elvirinha. E abacaxi, para quem estivesse controlando a glicose e o colesterol. Eu comi duas rodelas muito saborosas! Sabem onde comprei a fruta? Na feira livre do Leme, ontem. Resolvi ir ao serralho do Vitório, mas, chegando na porta do prédio, o anjo da guarda me aconselhou a não entrar. Afinal, minhas relações com o Vitório chegaram à normalidade, eu o esculhambo de cá e ele me esculhamba de lá, mas tudo dentro da normalidade democrática. De modo que restringi minha ida ao Leme à compra do abacaxi docinho.

Josias abriu um vinho de sobremesa excelente, ofertado pelo casal Fran Gonçalves. Havia também uma linda salva de prata com queijos e frutas, oferta de dona Lucy. O Vitório comeu outro naco de torta de maçã. E Fran Gonçalves, num brinde, saudou a felicidade proporcionada pela ausência de temas políticos durante o almoço.

– Ah! Pelo amor de Deus, chega de Bolsonaro! – concordou dona Lucy, ensejando porém a oportunidade para o marido retribuir-lhe a alfinetada recebida pelo exagero na sonoplastia de Beethoven:

– Agora aguenta, Lucy; você votou nele! – recriminou o Almirante.

Dona Lucy esbravejou:

– Nós votamos, né, Noronha? Nós votamos!

– Argh! – respondeu o velho Noronha, e deu um tapinha na mesa, como a nos mandar virar a página.

Virou-a o Josias ao servir o café e o *poire* geladíssimo trazido pela Sueli Gonçalves. Em seguida, a mesa se desfez, com naturalidade, por causa dos charutos que ofereci aos homens, menos ao Almirante, que não fuma e exproba os tabagistas com os nomes mais feios do léxico do diabo. Fomos para a varanda, e o Noronha, com a gentileza que caracteriza os verdadeiros oficiais de Marinha, fez questão de nos acompanhar, já que a aragem do Aterro ajudaria a desfazer a fumaça. As quatro mulheres se aboletaram na sala de visitas... e falaram mal do presidente da República. O verbo, novamente, estava na boca de dona Elvirinha:

— Acho um absurdo o Bolsonaro não recomendar ao povo que se vacine.

(A frase deveria terminar com ponto de exclamação; o caso é que Elvirinha fala mansamente, mesmo que a mensagem seja dura.)

— Um absurdo! — exclamou dona Lucy.

— É um mentecapto, diria meu pai — falou a Mana.

Dona Elvirinha:

— Não quero ser dona da verdade nem mostrar sabedoria que não tenho, mas aprendemos a tomar vacinas desde criança.

Mana acudiu-lhe, para enfatizar o acerto de sua intervenção:

— Sim, o Brasil tem uma cultura, uma tradição vacinal desde Oswaldo Cruz. Nascemos sob o signo da vacinação em massa.

Dona Elvirinha:

— Era contra sarampo, coqueluche, crupe, tifo, varíola. Minha mãe descia do Morro do Curvelo para nos levar ao posto de saúde de Santa Teresa, do Catete ou da Lapa. Ninguém reclamava, todos aceitavam a vacinação, porque era para o nosso bem. Meu irmãozinho morreu, coitado, mas foi de pilorospasmo...

Entrementes, na varanda, Fran e o velho Noronha, sentados, entabularam uma conversa sobre um livro autobiográfico do recentemente falecido general Colin Powell, secretário de Estado do presidente Bush pai:

– Powell é mais um exemplo de como West Point forma não só generais competentes para a guerra, mas excelentes homens de Estado – ouvi o Almirante declarar.

– Essa deveria ser a razão maior das escolas do oficialato no Brasil – ajuizou o Fran.

Escutei a conversa dos dois quando preparava o meu espírito desarmado para entabular, encostado ao parapeito, um particular com o Vitório sobre um tema nuclear para mim. Aproveitei para, olhando pra baixo, ver se o carro funerário do Vitório estacionara com os pneus sobre a calçada, infração que a besta quadrada comete com prazer. Não o avistei, e fui direto ao assunto de interesse do meu coração:

– Você tornou a ver a Aglaé na televisão?

– A CPI acabou, Bacharel.

– Eu sei, cara, mas você a viu novamente?

– Não. Por quê?

– Curiosidade apenas.

Vitório, já picado pela segunda dose de *poire* em cima do Sauternes e do alentejano, cutucou-me o braço e esboçou o seu sorriso de Coringa:

– Você não me engana, Bacharel! Saciado de chocolate – aliás, a Michele está muito bem empregada – dirige a sua lubricidade para a Aglaé. Há muito não a vejo em pessoa, mas ela é dona de um empinado *derrière*...

Fingi, com uma careta, que esse particular não me interessava. E depois de um silêncio, perguntei-lhe:

— Você acredita em todas as denúncias escabrosas da CPI?

— Tem muita picuinha política, mas o envoltório é veraz: incompetência na gestão do presidente da República e de seus ministros, e mafiosos da saúde pública e privada ganhando dinheiro com a pandemia.

— E aquela história da seguradora de saúde que deixou doentes morrerem para abrir mais vagas em seus hospitais?

— Nenhum médico ia inventar um horror desses.

— Que gente mais safada! – e proferi um palavrão que fez o velho Noronha dizer: "Olha os modos, Pirralho!".

Vitório prosseguiu:

— Mafiosos, Bacharel, mafiosos! Capazes de matar doentes e até os sadios, como aquela moça que vai ali na bicicleta... – e apontou com o queixo e os beiços para a moça que pedalava no passeio.

Engoli em seco, pois já não tinha mais *poire* na tacinha.

Pelo sim, pelo não, quando os convidados se foram fui clicar no Google o *blog Ciclistas ao luar*; depois, digitei "ciclistas atropelados". Felizmente, só apareceram as notícias que eu lera na noite em que baixou em mim o *Tartarin de Tarascon*.

QUE É A PAIXÃO NUM HOMEM de mais de setenta anos por uma mulher que pode ser sua neta?

Ouvi hoje no almoço uma resposta indireta à grave questão. Se não foi a expressão da verdade, mas apenas uma anedota, teve o efeito de um vendaval sobre as pétalas da roseira do meu jardim de inverno: levou-as para bem longe. Arrancou a própria roseira do canteiro. Adeus, Helô! (Mas que permanece um despeito desse tal de Angelo sem acento circunflexo, ah! isso permanece!).

Atendi ao convite do Vitório Magno para ir almoçar no Centro da cidade. É um prazer caminhar pelas ruas encardidas da antiguidade carioca. Fomos a um dos poucos restaurantes que, enfrentando a impiedade financeira da pandemia, continuaram abertos naquela região de muito encantamento para os da minha geração. Era o italiano Giuseppe, um agrado do anfitrião ao convidado que aprecia a cozinha de seus bisavós. E na rua Sete de Setembro, cujo chão histórico foi percorrido centenas e centenas de vezes pelos jovens Vitório *Machado* Magno, Carlinhos *Balzac* e Toninho *Bacharel*, quando a trinca enganava os trouxas no mercado financeiro carioca.

Vitório levou o filho mais velho, físico nuclear, que mora nos Estados Unidos. Não podendo estar no Rio por ocasião do Natal, Luís Eduardo, que já está com 51 anos, antecipou-se ao festejo e veio abraçar o pai, trazendo a mulher e os netos de Vitório.

O Luís, pouco falante, a instâncias do pai, acabou por contar um caso de um colega seu, professor aposentado de Berkeley. Apaixonou-se por uma aluna bonita e endoideceu de vez. Estarreceu-me a narração; até suspeitei que aquilo tinha sido de caso pensado: seria uma indireta para mim. Vitório soubera de Helô? Mas, como? Todavia, era uma falsa impressão minha, apenas coincidência. Velho apaixonado por mulher jovem vive de suspeitas infundadas. O tal professor também perdeu-se à *la* Tartarin de Tarascon; e como eu fui à Rocinha escarafunchar o paradeiro da desaparecida Helô, o mestre em Física acabou por escrever uma tese de alta Matemática, sem pé nem cabeça, para provar à sua amada que ele poderia preencher o coração vazio da moça e o podia demonstrar pelos números quânticos.

O alvo da paixão do mestre respondeu ao professor, escrevendo não uma tese de Física Quântica, mas, apoiando-se na Matemática primária, deitou-lhe uma cartinha de três linhas em que dizia mais ou menos isso, na tradução livre do Luís: "*Dear* mestre: não posso ser sua, porque sou um conjunto vazio com um elemento. E ele atende pelo nome de Mr. Oberon. Passe bem!".

Como sou ruim de números, se nem sei transformar milhas em metros, sorri amarelo da anedota americana sem graça alguma. Vitório Magno esparramou-se:

– É por isso que prefiro pagar. Amor de velho tem de ser pago!

Ô raiva que me deu da besta quadrada do Vitório Magno.

No entanto, desforrei-me escolhendo um caríssimo Biondi Santi e o camarão mais inflacionado do cardápio.

Numa mesa de canto, meu amigo milionário avistou dois acadêmicos, em silenciosas confabulações. Um deles era de geração mais nova, o outro já anoso. Vitório Magno foi cumprimentá-los; de regresso, mostrou seus grossos beiços de Coringa e falou:

— Se o velho der mais uma garfada no ossobuco com risoto piemontês, há o desponte de uma vaga!

Contou que lhes deu parabéns pelas eleições de Fernanda Montenegro e de Gilberto Gil para a Academia. E comentou a sério:

— Uma pena esse espírito rejuvenescedor não existir na época do compositor Luiz Gonzaga. O sanfoneiro da alegria, autor de letras de funda cultura brasileira, também merecia a imortalidade acadêmica.

Assenti sinceramente com um gole do delicioso vinho.

Vitório não é mais aquele que, um dia, no restaurante Albamar da Praça XV, desdenhou o convite do literato que pretendia incluir um soneto dele numa seleta de poetas bissextos fluminenses, dizendo que à glória literária pretendia sua parte em dinheiro. Dinheiro já o tem, e muito, e agora, com seus três estudos sobre Machado de Assis e dois livros de Direito (*Vademecum do inventariante* é um deles), só pensa em entrar para a Academia Brasileira de Letras, me contou o editor Fran Gonçalves.

Ao fim do almoço, Vitório mandou o chofer Eufrasino deixar-me no Flamengo, no carrão preto. Aboletado no macio estofamento da poltrona de trás, apertei o *playlist* do console de couro; imaginei que ia sair dali uns acordes clássicos que embalassem o tinto da Toscana numa pré-soneca de minha vida ociosa. Qual nada! Fui ouvindo "Boate azul", na voz de Bruno & Marrone.

Uma figura, o Vitório Magno. Pedante ao falar do "nosso amigo Machado"; recita de cor vários sonetos das

Crisálidas e outros das *Falenas*; é, porém, destituído da permanente aristocracia intelectual de minha querida Mana. Há espaço para tudo no idiossincrático coração do presidente do Instituto Robespierre, incluindo a "Boate azul". Mas o Julien Sorel do Stendhal sabia de cor os quatro Evangelhos, em latim, e era mau feito pica-pau. Carlinhos Balzac me contou que um dia, em Campos, o Vitório lhe disse que tinha medo de que suas faltas e omissões refletissem no seu rosto, como Oscar Wilde fizera ao Dorian Grey. Aí o Carlinhos passou a chamar-lhe Julien Grey.

Moral do dia: mais um dia de pandemia derrotada.

DEITADO NA CAMA, olhando bestamente para o teto na minha vida ociosa, escutava, enlevado, a guarânia "Meu primeiro amor". De repente, as vozes de Bruno e Marrone (uma descoberta!) foram maculadas pela campainha do telefone fixo. Chateação, previu meu enfado. Atendi com lentidão de mãos, braços e cérebro. Felizmente não era um estorvo; era Hellen. Surpreso com a alegria da chamada, empinei meu corpo acordado da abstração, para ouvi-la anunciar:

– Tem uma carta de Helô para você!

Uma carta de Helô. Poucos dias atrás, uma novidade dessas me deixaria com um entusiasmo juvenil. Correria a jato para a rua Machado de Assis. Hoje, deu-se em mim apenas um suspiro de acontecimento inesperado, porém neutro. Já devolvi à estante da Mana o *Tartarin de Tarascon*.

Estou no modo Bruno & Marrone da "Boate Azul", reminiscência da noite fatídica da Mansão Wayne.

Hellen acrescentou:

– A doutora Aglaé trouxe de Londres a carta. Ela pede-me seu telefone para marcar um encontro e entregá-la em mãos.

Epa! A doutora Aglaé quer me conhecer? Não me convém. Eu lá quero me encontrar com Aglaé? Vai que ela me ofereça, além da carta, outras coisas? E se isso acontecer, é bem provável que eu aceite o oferecimento, pois a carne é fraca. E depois, a primeira coisa que a doutora faria seria contar para Helô a sua conquista!

Como Hellen me disse que, além da carta, Aglaé trazia-lhe uma encomenda de cosméticos, agi com a rapidez de quem está pronto para ir às baladas de Bruno & Marrone:

– Não desejo importunar a doutora Aglaé. Já que ela irá visitá-la para entregar-lhe os cosméticos, peça-lhe que leve a carta também. Aí então dou um pulo à Machado de Assis para ver você e lermos a carta...

– Perfeito, Toninho. *Adieu, mon ami.*

CONVERSA LONGA com o Vitório Magno pelo telefone sobre os últimos acontecimentos, mas mantive segredo de minha paixão secreta por Helô. Pedi-lhe que me declamasse um outro soneto de Raul de Leoni que ele sabe de cor. Esse gênio da poesia foi introduzido em nosso grupo juvenil pelo tio-avô do Carlinhos Balzac, o padre Guanabarino, parente também do Choppart, meu amigo enrolado no Petrolão que agora mora em Lisboa. O padre fazia política em Niterói a favor do Leoni, então deputado.

Vitório não é trouxa, percebeu meu estado de espírito ainda baqueado. Falou umas besteiras sobre amor não correspondido, sobre desilusões com amigos etc., e, afinal, para o meu deleite silencioso e sofredor, recitou com seu vozeirão de locutor. Impressionado com a força moral de Raul de Leoni, depois de desligar o telefone pedi a Mana que me trouxesse da biblioteca o exemplar de *Luz mediterrânea*. E, sentado na *bergère*, li "Prudência":

Não aprofundes nunca, nem pesquises,

O segredo das almas que procuras:

Elas guardam surpresas infelizes

A quem lhes desce às convulsões obscuras.

Contenta-te com amá-las, se as bendizes,

Se te parecem límpidas e puras,

Pois se, às vezes, nos frutos há doçuras,

Há sempre um gosto amargo nas raízes.

Trata-as assim, como se fossem rosas,

Mas não despertes o sabor selvagem

Que lhes dorme nas pétalas tranquilas.

Lembra-te dessas flores venenosas!
As abelhas cortejam de passagem,
Mas não ousam prová-las nem feri-las.

Mana contou que o Raul de Leoni morreu de tuberculose aos 31 anos de idade, em sua casa de Itaipava, lá se vão quase cem anos.

– Era mais que poeta, mais que diplomata, mais que deputado pelo Estado do Rio: conhecia profundamente o ser humano – disse ela.

Acho que me curei.

SABER TIM-TIM POR TIM-TIM como foi minha visita ao apartamento de Hellen é querer demais. Não sou Balzac para gastar tinta e pena de ganso sobre as relações deliciosas entre casais que se estimam, e estou fechado com Machado de Assis: não se deve contar tudo. Direi apenas que cheguei à rua Machado de Assis às 13 horas em ponto, levando numa sacolinha uma garrafa de vinho tinto (sobra do presentaço do Vitório). Na porta da garagem, vi o bicicletário com a *bike* da Helô. "Sou mesmo uma besta", pensei. Mas não dei bola para isso.

Sobre a carta de Helô, direi que minha ex-namorada secreta deitou no delicado papel azul apenas expressões de amabilidades com o amigo de quem conquistara o coração no Aterro do Flamengo neste ano da graça de 2021.

Escreveu que jamais esquecerá os gestos de amizade; e havia adquirido pela Amazon uma edição em língua inglesa de *Dom Casmurro*; e que, após leitura atenta, me diria se Capitu recebeu ou não o amasso do Escobar. Ah, esqueci: Helô juntou os panos com o Angelo.

Bem, acabei revelando todo o teor da carta!

Fiz questão de que a própria mãe decifrasse para mim a excelente caligrafia da filha, cuja foto em *close*, numa pose hollywoodiana, me olhava desde o aparador à minha frente. Desviei o olhar. Na verdade, estou pouco me ligando sobre o que Helô pense de Capitu e Escobar, não sou crítico literário nem psicólogo de programa noturno de TV a cabo. Até hoje há controvérsia, assim como ficará a dúvida em mim se Helô fez ou não fez o que eu não tenho certeza se foi fazer na Inglaterra ou em qualquer ilha do mundo.

Junto à deliciosa Hellen, passei logo às lições de Geografia, História, costumes e Literatura da Suíça francesa. A mãe de Helô iniciou a aula assim:

– No meu cantão, chamado Suisse Romande (por causa de sua história que vem desde o Império Romano) não costumamos comer muita carne. Nossos pratos cotidianos são a *raclette* e o *fondue*. E também gostamos de peixe, especialmente o filé de *perche*, um peixinho do tamanho da tilápia, de sabor meio sem graça. Mas a minha receita muda tudo: frito-o na manteiga, e despejo em cima molho tártaro ou limão. O *perche* é o símbolo da cozinha da Suisse Romande: é uma cozinha sem grandes aparatos – ou, como dizem os cariocas, sem frescuras. Não há vaidades de *chefs* ou *gourmets*. Sim, é coisa de protestante, herança de Calvino, mas somos de maioria católica. Meu cantão, Toninho, ainda preserva a simplicidade da vida rural, dos montanheses e dos *paysans*, como chamamos os camponeses.

Cortei caminho:

– Um dia, quem sabe? Conhecerei o cantão francês... pelas suas mãos.

Ela riu maliciosamente (eu achei) e murmurou:

– Quem sabe, Toninho?

Então brindamos com o tinto do Alentejo, a derradeira garrafa do presentaço do Vitório.

Hellen, depois do tim-tim:

– Helô me contou que você e sua irmã gostam de Literatura. A Suisse Romande tem bons escritores, como o Hermann Hesse, que nasceu alemão, virou suíço e foi a nossa prata da casa.

– Esse eu conheço, é muito lido no Brasil. Ou era.

– E temos ficcionistas modernos, como Joël Dicker; e poetas, como Philippe Jaccottet, que morreu outro dia mesmo...

– Esses não conheço nem de nome.

– Ah, vou lhe emprestar um belo livro de poesia de Jaccottet, ou um romance policial do Dicker.

– Eu não leio em francês.

Hellen se espantou:

– Não sabe? Como, se chegou a morar em Paris?

— Era disfarce. Gastava o dinheiro da herança de meu pai. E dali rumava para a Itália e para a Ibéria, onde qualquer brasileiro se vira.

— Ah! – respondeu sorrindo. – Fez bem, aproveitou.

— Quem sabe você leia para mim uma noite qualquer? – incentivei.

Hellen mostrou novamente um riso malicioso (eu achei).

— Quem sabe, *mon bresilien-romain*? Talvez, numa noite qualquer...

E foi assim, e nada mais.

Já em casa, contei à Mana o resultado de minha visita à mãe de Helô (é claro que só a parte literária, passando por alto pelas informações da nova vida de Helô em Londres). Já dona Elvirinha só queria saber de Helô: como se chama o marido, o que faz, etc. Respondi por monossílabos, afetando uma completa indiferença à antiga amada secreta. Elvirinha deu valor ao que eu desprezei: Helô enviou-me carta manuscrita, em vez de uma reles mensagem de *WhatsApp*, como tornou-se usual no mundo das Mansões Wayne.

— Essa moça deve ter estudado no Sión ou com as irmãs marcelinas, como sua mãe – disse a admiradora da boa educação de Helô.

Recebi admoestação da Mana quanto ao aspecto literário da visita:

— Uma vergonha você não saber quem foi Jaccottet! Um notável poeta de língua francesa! E tanto ele quanto o Joël Dicker estão traduzidos para o português.

Mana mostrou-me o dedo em riste:

– Quando eu falo para você parar de assistir à *Família Soprano*...

Mas no meu quarto, eu triunfei de alegria pela minha nova namorada; Hellen certamente lerá os poemas do grande Jaccottet em meus ouvidos.

NOITE BEM DORMIDA, amanhecer maravilhoso no Aterro. Mas não fui desfrutar do meu caminho dos encantos antigos de Helô. Idealizei uma visita aos jardins da Glória e da Praça Paris. De há muito lá não vou. Corre-se muito perigo com os pivetes, mendigos violentos e assaltantes. Além disso, é uma caminhada que só devemos encarar no meio da semana, como hoje. Aos domingos, por toda a extensão da calçada da Glória, tão sugestiva aos nostálgicos do Rio antigo, deparamos com uma cena degradante. O mais baixo comércio de roupas, tralhas diversas e comidas de odores insuportáveis às narinas das classes abastadas se estende na via pública percorrida deliciosamente no século XIX pelo Conselheiro Ayres, desde o Silogeu até a bifurcação para a rua do Catete. É um dos efeitos perversos da pandemia, a emergência em alto grau do lumpen proletariado. A calçada do prédio do doutor Pedro Nava virou uma feira livre de Kandahar. Mas não se deve falar mal da avenida Augusto Severo; não se deve falar mal de rua alguma, como ensina um escritor que a Mana me fez ler, o João do Rio, de *A alma encantadora das ruas*. Nós é que as estragamos. Um dia elas se recuperam da degradação e voltam a nos maravilhar. Se estivesse vivo o meu avô materno, o jurista Eleutério, e ele soubesse que minha perdição recente deu-se na rua Artur Bernardes, bem que diria: "Mais um crime desse tiranete do Bernardes!". E trataria de oficiar à Câmara de Vereadores a mudança do nome da rua da Mansão Wayne. E eu, com receio de um castigo, jamais lhe diria que passei a amar muito a rua Artur Bernardes.

O Fran Gonçalves aceitou de pronto a minha sugestão de revermos a Praça Paris. O velho Noronha ficou de fora, tinha ido às compras de Natal, com sua querida Lucy. Melhor assim, pois eu tinha de fazer revelações extraordinárias ao Fran. Só a ele. No entanto, uma agradável surpresa nos desviou do destino traçado. O portão dos jardins do Palácio do Catete estava aberto extraordinariamente, para a locação de um "filme de época", disse um auxiliar da produção que entrava segurando um rebatedor solar. O Fran viu descer de uma *van* o Sergei Píndaro, seu amigo cineasta. Fran piscou para mim e fomos acompanhando o cineasta. Cruzamos o portão, o guarda achou que éramos integrantes da filmagem.

Sentamo-nos num banco da alameda principal e por breves instantes apreciamos as cenas de babás de uniforme branco, sem máscaras, com crianças. Duas senhoras cruzaram nossa visão, de braços enlaçados, sem máscaras. Suas roupas eram diferentes. Faziam parte do elenco de extras do filme. A manhã era fresca, os patos nadavam nos lagos, chilreavam passarinhos e havia muita luminosidade no verde do arvoredo. Chega de Balzac.

Desfilaram o presidente Café Filho, de terno de linho branco S-120 (meu pai também usava no verão) e óculos de aro fino dourado, de braços dados com o seu chefe da Casa Militar, general Juarez Távora. Decoravam suas falas; eram sobre o golpe frustrado contra a posse do presidente Juscelino em 1955.

– Conheço Café Filho só de fotos em revistas e de ler História; do Juarez Távora eu me lembro de vê-lo na televisão na época do golpe de 64 – comentei. – Papai dizia que o Juarez era homem probo, mas muito burro em política.

E meu amigo, nostálgico:

– Rapaz! Tão moços, nós dois, e já estamos incluídos em "filme de época"!

– Só falta aparecer o Conselheiro Ayres...

Fomos em busca de outra alameda, para não atrapalharmos a filmagem. Quem atrapalhou foi o Café Filho, que meteu a mão no bolso para atender o celular e deixou sem fala um espantado Juarez Távora. Os dois levaram um pito do assistente do diretor. Outra espinafração ganhou o contra-regra, que permitiu ao Café esconder no traje de época o aparelho inexistente na década de 1950. Um extra de jardineiro parou de fingir que capinava o canteiro para rir e também levou bronca; mas as deliciosas babás, que caíram na gargalhada, não foram repreendidas.

– O assistente deve estar capinando as babás – interpretou o Fran.

Sentamo-nos num banco diante da velha casa do Arquivo Morto do Museu do Catete.

Iniciei a confissão ao Fran:

– Mais de uma vez neste ano você notou em mim diferenças de humor.

– Notei, sim! – alvoroçou-se o Fran, costumeiramente preocupado com seus amigos.

– Você estava certo. Vivi este ano uma paixão secreta. Pela Helô!

– Rapaz! E não me disse nada!

– Tive vergonha, uma autocensura. Ela tão nova, eu setentão...

Sem dificuldades, com o coração despido de reservas mentais, desfiei o caso do princípio até o desfecho ocorrido com o recebimento da carta de Helô comunicando seu casamento com Angelo. Bem, é claro que não falei tudo sobre a visita à rua Machado de Assis. É sempre bom ter uma carta na manga. Hellen é minha carta.

Fran não me interrompeu com pormenores que Machado de Assis condenaria, segundo o severo julgamento feito ao Visconde de Taunay sobre escritores que abrem demais o bico. Quando acabei a narração, o bom ouvinte não estava surpreso com a confissão, e sim bastante atilado com o seu teor, pois foi logo diagnosticando:

– Helô, sem saber de seu sofrimento moral no isolamento da pandemia, foi a sua melhor vacina. Viva Helô!

Gracejou em seguida:

– Se você me tivesse feito a revelação em plena paixão frustrada, aqui nos jardins do Catete, eu poderia imaginar que o meu amigo estivesse à beira do desatino que cometeu o ocupante mais famoso do palácio! Que aqui viesse buscar o estímulo para o tiro no peito!

Demos largas risadas e um aperto de mãos. Fran Gonçalves concluiu:

– A paixão do Getúlio era tão nobre quanto a sua. Política e amor andam de mãos dadas!

Deixei de lado as risadas e ousei:

– Fran, meu amigo, você é capaz de publicar o meu diário da pandemia?

Meu amigo alterou a fisionomia; e a sério:

– Acho muito em cima, não vai dar mais tempo.

– Tempo de quê?

– Também tenho uma confissão a lhe fazer: estou vendendo a editora.

– Não me diga! E por que vendê-la?

Notícias ruins:

– Vai mal o mercado editorial e o comércio de livrarias no Brasil. Muita antropofagia, custo industrial subindo, a facilidade da venda direta pela internet, o pouco interesse da juventude anestesiada pela comunicação digital, um governo que não liga para a educação e a cultura... A pandemia jogou a pá de cal.

– Misericórdia!

E então veio a extraordinária revelação:

– E sabe para quem estou vendendo? Para o Vitório Magno!

– Caramba! E não me contou antes?

– Assim como você escondeu a paixão por Helô...Certas ocorrências têm hora certa de serem compartilhadas até entre amigos. Além do mais, você conhece o Vitório: implicante, idiossincrático, dado a inexistentes conspirações.

– A proposta dele é boa?

– Excelente. Compra-me tudo, o catálogo, o estoque, os bens móveis e imóveis.

– Você deve estar sofrendo no íntimo.

– E como! Meu pai fundou a editora em 1946, logo após a guerra; eu trabalho como um mouro desde os 16 anos.

– E você ainda abriu o varejo, com as livrarias no Rio e São Paulo.

–E também com a linha de edição de livros didáticos.

– O Vitório vai aproveitar para editar seus milhares de ensaios sobre o Machado de Assis! – tentei galhofar.

– Vitório não é bobo. Vai apostar no livro didático, como suporte do Instituto Robespierre, e com traduções de *best-sellers* que viraram filmes.

Ocorreu-me uma recordação de nossa mocidade:

– Você ainda tem aquele depósito na rua Sotero dos Reis? – perguntei.

– Até hoje, mesma rua onde funcionava a *Última Hora* do Samuel Wainer...

Como o amigo continuasse melancólico, tentei-o com uma lembrança picante:

– Tem aquele enorme galpão escuro?

Arranquei uma risada do Fran:

– Aquela repórter de carnaval foi se apoiar na pilha enorme de exemplares do *Caldas Aulete* e foi tudo ao chão!

– E o Carlinhos Balzac, vendo que a namorada ia catar os livros, gritou: "Deixa isso pra lá, menina; continuemos a obra iniciada!".

Fran Gonçalves tem a história editorial na ponta da língua:

– A "obra iniciada" pelo par de amantes selvagens acontecera há poucos instantes; a do célebre lexicógrafo português ia completar um século! O coitado do Caldas Aulete morreu quando ainda escrevia os verbetes da letra A, em 1878, e o dicionário foi completado pelos seus assistentes. Mas ficou conhecido como *Caldas Aulete*, assim como temos no Brasil o *Aurélio*, do acadêmico Aurélio Buarque de Holanda Ferreira, coligido por várias mãos, a principal delas a do nosso velho amigo Joaquim Campelo Marques.

Lembrei então que o episódio no depósito de livros do pai do Fran é um dos muitos dos quais se apossou o Vitório Magno, colocando-se como protagonista. Mas o Carlinhos Balzac dizia que havia acontecido com ele. Até o Fran, testemunha ocular e auditiva, hoje tem dúvida sobre quem estava na cena. O curioso é que os outros dois amigos de nossa juventude, Carlinhos Balzac e Choppart, tinham o mesmo vezo do Vitório. Não os temos mais em nosso convívio, pois Carlinhos foi levado pela Covid e Choppart goza ou sofre no Estoril a lambança que aprontou no escândalo do Petrolão; foi salvo pelo gongo pelo saudoso criminalista Clodoaldo de Barros.

– O doutor Clodoaldo disse ao Choppart: "Não vou defendê-lo das acusações; você pagará o que deve à sociedade. O que vou fazer é impedir o juiz federal, em conluio com o Ministério Público, de penalizá-lo fora da dosimetria, como tem ocorrido na Lava Jato".

– Clodoaldo era um Bayard, "cavaleiro sem medo e sem mácula" – comentou o Fran.

Choppart pagou quatro anos em Bangu, foi para a domiciliar; depois veio o Bolsonaro e escangalhou a Lava Jato; o meu amigo, graças a Deus, ficou livre; envergonhado, se mandou para longe.

E o Fran, com irônica desfaçatez:

– A única obra boa do Bolsonaro foi propiciar a libertação do Choppart.

Foi então que o Fran disse aquilo que não gostamos de dizer nem de ouvir depois dos setenta anos:

– Hoje são boas recordações; vivemos, como você disse outro dia, no "modo Brochado da Rocha".

– Não diga isso, dá má sorte: João Goulart, de quem Brochado foi primeiro-ministro, acabou deposto.

Ele concordou:

– É a fala da razão, temos o futuro pela frente depois dessa pandemia.

Ocorreu-me lembrar a última frase do *Memorial de Ayres*, neste mesmo Flamengo, em 1888; e parafraseei-a:

– Não nos consolemos com a saudade de nós mesmos.

– Verdade. Não vou abandonar os livros. Tenho umas ideias para agitar o mercado editorial.

Voltei à carga:

– Então o Vitório vai ser o meu editor?

–Vou falar-lhe a respeito. Você ficará no rol dos "encargos a saldar".

– Mas eu falo mal dele no livro... – disse eu, ressabiado.

– Besteira, dê-lhe um pseudônimo. Vitório Magno é um caráter forte. Nem vai ligar para o detalhe. Talvez nem leia os originais. Só pensa no "nosso Machado".

Rimos novamente e renovamos o aperto de mãos.

– Então dê cá um abraço no encargo que a besta quadrada vai saldar! Muito boa essa! – explodi de alegria.

Perguntei ao amigo, numa evocação tardia de Helô:

– Responda-me com franqueza, Fran: na altura das nossas vidas, qual a divindade mais importante: o Sexo ou o Livro?

– O Sexo, sem dúvida! Com o Sexo faz-se um livro! Ainda agora, acabei de reler as *Memórias de Adriano*, da Marguerite Yourcenar...

Interrompi:

– Mas o contrário também é verdadeiro! Lembra-se dos folhetins do Carlos Zéfiro de nossa infância?

– Verdade. Mas não se os liam com os olhos, senão com a mão direita.

– O Vitório Magno é canhoto...

Muito bom rirem-se os setentões, numa manhã encantadora.

No entanto, eu não deveria ter cortado o pensamento que ia brotar da imaginação literária do Fran sobre suas leituras atentas de Yourcenar. Meu amigo tem sempre algo surpreendente a acrescentar sobre qualquer escritor notável. Desculpei-me por haver tomado o caminho da galhofa:

– De uns tempos para cá estou assim, não consigo frear o ímpeto de tisnar o conteúdo sério de uma conversa.

– É o espírito do século, amigo. Aceitamos como normal a anedota do Tik Tok. As emoções são expressadas nos emojis do celular: a palavra escrita não existe mais. Voltamos à arte rupestre, sem a beleza ingênua da imagem ancestral.

Deixamos os jardins do Catete e voltamos ao nosso prédio, em conversas vadias sobre o encantamento do Rio de Janeiro. Não ficou em nosso espírito o ranço da melancolia causada com a surpreendente notícia da venda da Luz Brasileira Livraria-Editora, há setenta e cinco anos na praça.

Na portaria, deparamos o Almirante e dona Lucy chegarem das compras de presentes para os netos e bisnetos. O Almirante deu voz de comando ao Josias Porteiro para ajudar a esposa a subir com as sacolas. E que não esquecesse de colocar na árvore de Natal, armada em todo dezembro junto ao velho e bom sofá da portaria, as luzinhas pisca-piscas, ouviu Josias?

E veio para junto de nós, já provocando:

– Então, seus pirralhos? Aposto que coisa útil ao Brasil não fizeram agora de manhã!

– Estamos salvando a cultura, Almirante – disse o Fran. – O Toninho vai publicar um livro.

– O quê? Livro? Só se for sobre as vadias das calçadas. O Pirralho não sabe nem transformar milha em metros!

Depois das risadas, o velho Noronha convidou-nos para um conhaque noturno, "sem charutos, vai bem?". Antes, vamos traçar uma massinha que dona Lucy encomendou a uma senhora, filha de oficial de Marinha que, sofrendo as restrições econômicas da pandemia, está vendendo comida para fora.

– Fala de quê, o seu livro? – perguntou, com fisionomia desconfiada.

– Das nossas vidas – atalhou o Fran.

– Cuidado, hein? Não vá escrever besteiras!

Mais risadas de amizade.

O querido Corsário:

– Verei as arruaças do Bolsonaro no *Jornal Nacional* e depois Lucy e eu receberemos vocês, com as respectivas mulheres, no salão nobre da corveta. Câmbio final.

– Entendido! – empinei o corpo em posição de sentido e prestei-lhe a continência de estilo. Fran fez o mesmo.

O velho Noronha encerrou:

– Pirralho: você fica encarregado de convidar a besta quadrada do seu amigo Vitório: gosto dele, é um camarada bem direto.

– Copiado, Almirante!

Uma figura, o velho Noronha. Injeta ânimo nos desalentados. E são muitos por aí afora na vida ociosa da pandemia. Quisera cada prédio houvesse um Noronha!

– QUE PORRE, HEIN, MEU IRMÃO?!

Foi o brado do desconhecido sem máscara, dirigido a mim, na calçada da lotérica da rua do Catete. Não me assustei, só fiquei meio envergonhado por terem os pedestres escutado o escracho. Era um desconhecido? Apertei meus olhos, como fazem os míopes para enxergar melhor. Ora, era ele! Aquele servidor do Detran, dado a uns tragos, cuja figura registrei há poucos meses na página 69 deste diário, na mesma lotérica, proferindo desaforos às moças dos guichês e profetizando mau agouro para quem tentasse a sorte ali. Ele é sósia do Hemingway, com o rosto redondo e barbudo, como o do romancista. Posicionou-se bem na minha frente; senti o odor de quem já bebera os primeiros goles matinais. Esticou o braço direito sobre o meu ombro, como se fossemos boas-praças. E sua face alegre era mesmo a de um sujeito boa-praça. Devolvi-lhe a simpatia com um sorriso. E com muita curiosidade. Ele então decifrou o enigma:

– O amigo chegou bem em casa naquela noite? – perguntou.

– Que noite, amigo?

– Lá no bar da rua Arthur Bernardes.

Pegou-me de surpresa. Voltei a sorrir-lhe:

– Sim, está tudo bem, como o amigo pode ver.

Ele:

– Eu bebia num boteco mais abaixo da Mansão Wayne e lhe vi na calçada, com aquela rapaziada boa da rua.
– É verdade, gente fina.
– Tomaram conta de você e o botaram no táxi.
– Foi mesmo – menti, pois nem me lembrava disso.
– Como é, já fez seu jogo? – voltou o homem.
– Já sim, e tenho que ir trabalhar. Grande abraço, amigo – e fiz menção de me desvencilhar do bafo.

Ele manteve o braço no meu ombro. E contrariando os impropérios ditos do passado, falou assim:
– Essa lotérica é a melhor do mundo. Moças muito bonitas e, ó: dão muita sorte!

Só então retirou o braço do meu ombro. Despedi-me com firmeza:
– Adeus, amigo! Boa sorte!
– Não quer tomar uma? – propôs.
– Obrigado, chefe, mas tenho de trabalhar.

E dei no pé.

Mas ouvi o seu murmúrio para o chão:
– Porrista de uma figa! "Tenho que trabalhar"... Mentira, ele vai é beber escondido.

TOMEI UMA BOA CHUVEIRADA, vesti calça *jeans*, a camiseta azul que a Mana me comprou na Aviator do Leblon e o tênis que dona Elvira me deu de presente de aniversário. Ela disse:
– Um moço bonito como você, advogado, não pode ficar andando de tênis estrambótico. Não vê o Almirante

Noronha? Sempre de tênis limpinho. O que a Helô vai pensar de você?

Ao me ver todo pimpão, dona Elvirinha, no corredor, diante do Castelo de Santo Ângelo, deu-me parabéns:

– Gosto de ver o senhor assim, alegre, limpinho, barba feita, parece até que vai para o Colégio Andrews.

Fui para a biblioteca telefonar no fixo para a deliciosa Hellen. Mas uma chamada no celular interrompeu minha ação amorosa. Era o Vitório Magno. O Fran Gonçalves o avisou que me contara o segredo mercantil guardado a sete chaves.

– Não é mais sigiloso – disse Vitório. – O *site* da indústria editorial acaba de publicar uma nota de minha autoria, confirmando a aquisição da editora. E mais: anuncio que reeditarei todo o Machado de Assis, todo o Alencar, todo o Bernardo Guimarães, todo o Artur Azevedo, em edições populares, para a estudantada!

– Parabéns, Vitório, parabéns! Publique também os seus livros...

– Publicarei! E de outros imortais também.

Radiante, segredou-me que está preparando uma "revisão crítica total" da bibliografia sobre Machado de Assis. Será um tijolaço!

Ameaçou, com euforia de *magister dixit*:

– Vou passar uma régua geral em todos os que escreveram sobre o nosso Machado, de A a Z. E serei impiedoso! – deu uma gargalha à *la* Coringa.

— Poupe o Josué Montello; *O presidente Machado de Assis* é um livro excelente e ele era amigo do meu pai.

— O Josué é bom mesmo. Mas vou agir sem dó nem piedade, com os biógrafos cariocas, paulistas, mineiros *et caterva*.

Vitório ganhou o meu estímulo:

— Logo, logo, você conhecerá a glória da Academia.

— Meu amigo! Essa eu perseguirei. Como dizia o nosso Machado, é a única "glória que fica, eleva, honra e consola".

Acho notável essa intimidade do Vitório com "o nosso" Machado de Assis. Renovei-lhe os parabéns. Até que o meu amigo não está me saindo uma inteira besta quadrada. O mundo das letras ainda assistirá sua glória. Convidei-o a passar o Natal conosco.

Tive de cortar pela metade a frase que ele ameaçou proferir na despedida, aquela manjadíssima do "nosso Machado" sobre o Natal:

— Mudamos nós, com a pandemia; nós e o Natal também. Não se esqueça: traga o vinho do Alentejo.

Por falar no nosso Machado, lembra-me a rua vizinha onde morava Helô; tenho muito a aprender sobre aqueles escritores suíços, de que a mãe dela me falou. Vou até decorar um belo poema de Jaccottet para declamar à satisfação dos ouvidos exigentes de Mana. Certamente irei fazê-lo com uma caipirosca de lima-da-pérsia de permeio.

Telefonei então para Hellen. Ela está fazendo "um almocinho para nós".

— Da Suíça francesa?

– *Comme il fault*.

Dona Elvirinha passava álcool no vidro da gravura da fortaleza de Santo Ângelo e a vi fazer o sinal da cruz em respeito ao papa que lá se protegeu da pandemia do ano 590. A ilustração já não me causa ciúmes do antigo antagonista xará do castelo sem o acento circunflexo.

Avisei-a com alegria:

–Hoje não almoço em casa!

– Ah! Aí tem... – revidou Elvirinha, em voz baixa (para a Mana não a ouvir), e de olhos fixos no castelo do papa.

Fui à cozinha para pegar na geladeira a garrafa do excelente espumante gaúcho que a Michele me mandou em agradecimento pelo emprego no colégio, com um cartãozinho delicado. Vou passar o presente adiante.

Parei à porta da biblioteca, para me despedir da Mana. Ela estava devorando *Les 100 discours qui ont marqué le XXe-siècle*, presente de Natal do Fran Gonçalves. De tão pesado o volume, tinha-o no colo. Deus do céu!

Viu-me com a garrafa no sovaco. Vesti a máscara. Ela falou:

– Cuidado com a variante Ômicron! E com o surto de influenza.

Respondi:

– Vou ver Clarice Lispector. Fui!

Mais um dia de vitória sobre a pandemia.

Helô – Diário de uma paixão secreta foi diagramado em tipologia Minion Pro, corpo 12 no formato 14x21. Impresso na Thesaurus Editora de Brasília, para Topbooks Editora e Distribuidora de Livros Ltda, em junho de 2022.